振 裕 油 坊
ZHENYU YOUFANG

欧阳伟庆　著

江西高校出版社
JIANGXI UNIVERSITIES AND COLLEGES PRESS

图书在版编目（CIP）数据

振裕油坊/欧阳伟庆著.--南昌:江西高校出版社,
2023.8（2025.1 重印）

ISBN 978－7－5762－4122－8

Ⅰ.①振… Ⅱ.①欧… Ⅲ.①长篇小说—中
国—当代 Ⅳ.①I247.5

中国国家版本馆 CIP 数据核字（2023）第 148677 号

出版发行	江西高校出版社
社　　址	江西省南昌市洪都北大道 96 号
总编室电话	(0791)88504319
销售电话	(0791)88522516
网　　址	www. juacp.com
印　　刷	三河市京兰印务有限公司
经　　销	全国新华书店
开　　本	720 mm×1000 mm　1/16
印　　张	13.75
字　　数	134 千字
版　　次	2023 年 8 月第 1 版
	2025 年 1 月第 2 次印刷
书　　号	ISBN 978－7－5762－4122－8
定　　价	56.00 元

赣版权登字 -07-2023-605

1

爷爷的故事，要从 1942 年说起。

爷爷出生在一个叫蒋家边的村庄。蒋家边是赣北彭泽县一个毫不起眼的小村庄。村庄的东面和南面为小山包和山岗，西面和北面有两座大山。西面的山叫背后山，北面的山叫狮子山。两山之间有一条峡谷，这条峡谷叫峡石口。从峡石口穿过去便是长江。当年商群领导的"抗日十人团"，便是在这一带建立根据地进行抗战的。往东北十二里，是著名的军事重镇马当镇。马当炮台便设在江边的矶山上。

1938 年 6 月，日本鬼子占领安庆后，以波田支队、第 106 师团、第 3 舰队等部向马当方向进犯，企图溯江西进，侵占九江，继而侵占武汉。中国第 9 战区决心确保马当、湖口要塞不受侵犯，以第 16 军防守马当，以第 43、第 73 军防守彭泽、湖口地区，以阻止日军溯江西进，从而打响了著名的马当要塞保卫战。

蒋家边，一个很有诗意的名字，很容易让人联想到月亮边、白云边，或者岁月边。村庄的来历，一点儿也不复杂，甚至过于简单，简单得可以忽略。据家谱记载，蒋家边由始祖旭文公从祠堂迁入，属映春公股允宣公后裔，迁入时落户于蒋姓村庄边上，故得名蒋家边。后来，蒋氏渐渐没落，欧阳氏族人丁兴旺，村庄八十户人家都姓欧阳。

爷爷家有一个很大的油坊，叫"振裕油坊"。人们为图方便，通常叫其蒋家边油坊。振裕油坊是清代早期所建，传到我太爷爷手中时已有两百多年历史了。祖上用做生意攒下的钱,在县城置了店面,在浩山畈里买了田地。他们将那些店面租给人家做生意,将田地租给佃户们种。我太爷爷人善,遇上收成不好,就会主动免去人家的房租或者地租。每逢租客或佃户们在他面前说感激的话时,他总是说:"只有你们的生意好了,我才能收更多的租。"

爷爷是太爷爷最小的儿子。太爷爷在他的大孙子希明三岁那年生下了爷爷。那时,我太奶奶做梦也没想到,自己这么大年纪还能怀上孩子。那年代没有节育技术,怀上就得生下来,所以女儿牵着外孙来看望坐月子的外婆的事很普遍。我爷爷上面有三个哥哥和两个姐姐。大哥叫国贤,二哥叫国珍,三哥叫国瑞,太爷爷就给我爷爷取名叫国强。

国强从小就不安分,整天棍棒不离手,不像希明那样爱读书。希明是老二国珍的儿子,国珍在希明很小的时候就病逝了,留下孤儿寡母跟着我太爷爷过。希明从小就很会读书,太爷爷说希明这方面像他老子。太爷爷还说,如果国强有希明一半会读书就好了。

太爷爷嘴上说归说,但只要一看到眼前这个末头儿(小儿子),总是乐呵呵地笑着,说这家伙将来一定会是一个闹海的哪吒。每次出门走访或去收租,他都喜欢把国强带上。这之前,爷爷去过最远的地方,是跟着太爷爷去五十里外的柳墅收租;去过最大的地方,就是离家二十里路的彭泽县城。太爷爷去世后,爷爷突然变得安静了,除了种地就是帮助大爷爷国贤打理油坊,没有一点儿要出去"闹海"的样子。

爷爷最后一次去县城,是1938年6月底的事。那次,日本人的飞机轰炸完马当炮台,接着就轰炸彭泽县城,爷爷的姑姑和姑爹还有十几岁的儿子,在逃亡中被炸死了。大爷爷让爷爷带着油坊的长工去城里将姑姑一家人运到乡下来安葬。爷爷在遇难的人堆里,找到了他姑姑一家人的尸体运回到蒋家边。从那天起,爷爷尝到了家破人亡的滋味,打心眼里开始痛恨日本人。

1942 年这一年,我们家先后发生了两件大事:先是我的伯伯欧阳希明因病去世;后是大爷爷被土匪杀害,杀害大爷爷的土匪叫杨明道。这两件事,对我家来说,简直是灭顶之灾。

对于大爷爷的死,三爷爷国瑞和爷爷国强都认为是日本人搞的鬼。三爷爷对爷爷说:"如果不是日本人从中挑事,杨明道不至于对大哥起杀心。"

日本人占领彭泽后,几次派人请大爷爷去县里当维持会的会长,大爷爷天生疾恶如仇,加之日本人炸死了他姑姑一家,他怎么也不愿去当这个维持会的会长。后来,大爷爷干脆躲进浩山,不与日本人派来的说客见面。

1940 年 3 月,日本人在南京建立了汪伪国民政府,彭泽的沿江一带相继设立了许多日伪军据点,每个据点派一个保安队驻守。蒋家边旁边的狮子山上也设了据点,成为连接彭泽县城与马当炮台之间的桥梁。三地形成掎角之势,以此牵制沿江的新四军及抗日力量。日伪军将驻地设在山上的镇灵庵内。

转眼到了 1942 年下半年。

这一天，马当村的魏明生家的两头牛走丢了，他们找了两天没找到，怀疑是杨明道的手下偷的。魏明生找到表哥李延寿，让表哥去找杨明道要牛。李延寿是镇灵庵的保安队长，听完表弟魏明生的哭诉后，直接派人去找杨明道要牛。李延寿的手下在半道上截住了外出的杨明道，向他说明来意。杨明道虽然是土匪，但他心里清楚，自己再厉害也厉害不过李延寿，李延寿只要在日本人面前说句话，日本人分分钟便会铲平自己的土匪窝。杨明道向李延寿的手下一再表示，偷牛的事不是自己的人所为。李延寿的手下不信，捉了杨明道和他的跟班去狮子山的镇灵庵。

这会儿，大爷爷正在油坊里与南京来的许老板谈生意。长工来报，说李延寿的手下捉住了杨明道，正押往镇灵庵去。大爷爷一听，心想，千万不能让杨明道被押到日本人那里去，押到日本人那里，准是死路一条。

大爷爷心里当然巴不得杨明道死。可是，如果杨明道死了，他手下的二当家杨彩艳就会成为老大，这个杨彩艳比杨明道更心狠手辣，将来只会更加祸害百姓。若将杨明道从李延寿手里保下来，杨明道总会记得自己的好，日后和他的手下总不至于再祸害我们家人和油坊。大爷爷与许老板打了声招呼，就出发去拦李延寿的手下和杨明道。

大爷爷在路上将李延寿的手下和杨明道拦了下来，然后好言好语将他们劝到振裕油坊里。振裕油坊坐落在方圆几里无人的地垄里，杨明道被抓的事除了油坊里的人知道，外面几乎没什么人知道。这也是大爷爷要把他们接到油坊里来的缘故，目的是要给杨明道保全面子。

大爷爷在油坊摆下了一桌酒,将李延寿请了过来,为杨明道求情。在大爷爷的斡旋下,李延寿最终放过了杨明道。至于李延寿老表魏明生的损失,则由大爷爷补偿。

按说,这样的结局各方满意,皆大欢喜,可事情传到县城日本人那里,日本人怀恨大爷爷当初没听他们的话,没出任维持会长一职,便从中作梗。日本人让李延寿挑拨杨明道与大爷爷的关系。一天,李延寿派手下人将杨明道请到县城喝酒,装出一副酒后吐真言的样子说:"明道大哥,要说这世道人心呀,你永远摸不透,就说我老表家丢牛这事,明明是有人设计陷害于你,可他又装好人,出面将你保出来。"

杨明道惊讶道:"有这等事?"

李延寿反问:"难道我李延寿会欺骗你?"

杨明道说:"这倒不会。"

杨明道停顿了一会又说:"欧阳国贤他这么做有何目的?对他有什么好处?"

李延寿说:"这个你就不懂了吧!"

杨明道说:"还请李队长明示!"

李延寿说:"人家是要让你杨明道记住他的恩,今后要听他的话,要为他效劳,居心叵测呀!"

杨明道低头沉思着。

李延寿见杨明道没吭声,接着又说:"以他欧阳国贤的性格,他会为你杨明道的生死来求我李延寿吗?他是永远也不会的。当年日本人请他出来当维持会长,难道你不知道他是个什么态度?直接甩脸子拒绝,后来还干脆躲进山里。明道兄呀,别跟欧阳国贤走得太近呀,跟他走得太近,就是跟日本人对着干,在这点上你心里可得有个数呀!"

"是是是,要不是延寿老弟提醒,我杨明道还蒙在鼓里呢!欧阳国贤,我不会轻饶了他!"杨明道恶狠狠地说。

李延寿听罢,脸上露出一丝阴险的笑。

一个月黑风高的夜晚,杨明道在大爷爷和手下田七外出回家的路上绑架了大爷爷。杨明道让田七给三爷爷传话,让三爷爷带人去白子山下给大爷爷收尸。三爷爷得信后,顿时昏死过去。醒来后,他立即四处找人前往杨明道处说情,并多方筹措赎金。两天后,待三爷爷带着赎金前去救人时,却不料杨明道在半个时辰前已将大爷爷斩杀于白子山下,连个人头也没留下。大爷爷至死也没想到,他会死在自己保下来的杨明道手上。

那天,天下着小雨,爷爷在山脚下找到大爷爷的尸体时,大喊一声"大哥"便冲了过去。未等爷爷哭出声,三爷爷从身后死死地将他的嘴捂住。三爷爷拼命地喊着:"国强,忍着,千万忍着,就算死,也得给我忍着呀!"

爷爷挣开三爷爷的手,回头望了一眼三爷爷,只见三爷爷"哇"的一声吐出了一口鲜血。紧接着,几口鲜血又从胸腔里喷出。爷爷见状,一把将三爷爷抱住。爷爷说:"三哥,你别急,别急呀,我忍,我忍呀!"

爷爷和三爷爷从衣着和体形判断,这具无头尸就是他们的大哥。加之杨明道也传来了话,让他俩去白子山下给大爷爷收尸。爷爷用从家里带来的两块老布将大爷爷的尸体裹好,然后扶着三爷爷,背着大爷爷的尸体往回走。回到家,一家人抱着大爷爷的尸体痛彻心扉,连哭都不敢哭出声。爷爷觉得他的肠子在一寸一寸地断裂。杨明道让杨彩艳通知我三爷爷去收尸时放出了话:若是从欧阳国贤家传出哭声,便会带人血洗全家。

大爷爷遇害后,爷爷意识到这个家的末日就要来临,他想在末日来临时有所行动。于是,在大爷爷"二七"这天,爷爷来到三爷爷跟前说:"三哥,我们这一代,就剩下你我两个男人,我们家不能就这样垮掉,要想保住这个家,我要出去扛枪。"

三爷爷知道爷爷说这话的用意,不是走投无路,爷爷不会说这话。俗话说"好铁不打钉,好男不当兵",当兵拿枪是将脑袋挂在裤腰带上的事。我爷爷是个血性青年,为了这个家,他宁可自己去死。

三爷爷看着爷爷说:"要去也是我去,现在我是这个家的老大。"

爷爷说:"我去。这一大家子离不开你,油坊也离不开你。明天我去找商老四,跟他练功夫去。等练成了,我就去找李延寿、杨明道、杨彩艳报仇。"

三爷爷说:"弟,你也有妻室呀。"

爷爷说:"我暂不跟银娥说,省得她担心。"

银娥是我奶奶。

三爷爷见爷爷这样坚决,知道爷爷一旦决定了的事很难更改,只好说:"为保住这个家,是得有个人出去拿枪。"

三爷爷沉默了一会儿又说:"等你投靠了商老四,我们再放出风去。"

跟爷爷说这些话时,三爷爷一脸的无奈和不忍。在眼下这种走投无路的情况下,他不得不同意小弟这样做。爷爷本意没想过报仇,他不能将一家几十口人的性命赌在报仇上,眼下最为重要的是怎样让一家人平平安安地活下去。想办法让一家人活下去,是三爷爷和爷爷的职责。那一刻,爷爷只想找个靠山,这样恶人才不敢明着欺负他的家人。爷爷认为,商老四是新四军,是很好的靠山。商老四连日本鬼子都不放在眼里,投奔了商老四,杨明道肯定不敢动自己的家人。

三爷爷认认真真地打量了爷爷一番,然后又帮爷爷整了整衣领,淡淡地说:"你去找商老四,他定会收你。这些年,大哥没少帮衬他们。"

2

爷爷当然知道商老四定会收留他。商老四很清楚爷爷,爷爷不仅读过几年书,认得不少字,而且学过两年拳脚,身手也很矫健。商老四曾想带爷爷走,他跟大爷爷说:"国强老弟脑子活,会扛事,你让他跟我走吧!"

那会儿,大爷爷为何没听商老四的话,让爷爷跟着商老四去打日本人?主要是担心四弟走上侄子希明的路。他担心非但没把日本人赶走,反而丢了性命。

欧阳希明是二爷爷欧阳国珍的独子。二爷爷去世后,太爷爷将会读书的希明作为家族重点培养对象,给他提供优厚的生活条件,送他去外地读书,企盼能读出一官半职,光宗耀祖。希明自从去外地读书后,只要一回到家里,总是宣传一些进步思想,让大爷爷很是替他担心。大爷爷私下里对希明说:"你的这些思想我都懂,你只能将这些思想放在心里,不要到外面去说,否则会招来杀身之祸的。"

在大爷爷的印象中,历朝历代的皇帝,没有一个容得下激进的思想,他们巴不得他们的子民像一群没有脑子的猪一样地随他们愚弄,像韭菜一样随他们割着。希明却说:"如果大家都不敢站出来说公道话、做公道事,那这个国家和民族还有什么希望呢?"

大爷爷气希明不听自己的话,说希明总有一天要闯出大祸来。抗战前,希明在江西省立浮梁师范读书,毕业后到白鹭洲中心小学当教员。抗战爆发后,希明与中国大部分知识分子一样,主动放弃城市里舒适的生活,毅然回到家乡蒋家边设立私塾学堂,表面上教家族里的孩子们读书,实则是开启民智,为宣传抗战奔走。

希明将他的私塾学堂取名为"背后学校"。名字有两层含义:一是指村庄西面的背后山;二是寓意为抗战的大后方。背后学校,表面上是一所私塾学堂,实际上就是抗日人士的联络站,经常会有一些不明身份的外乡人进出。那时,商老四和他的警卫员洪明远也经常出现在背后学校。希明在搞宣传的时候,总会让爷爷去村外给他望风,发现可疑之人,便来告诉他。爷爷每次都尽心尽责。他知道希明做的是大事。

那时,爷爷虽然非常痛恨日本鬼子,但他关心更多的是整个家族人的安危。大爷爷清楚,希明的这些抗日主张一旦被人举报到日本鬼子那里,便将遭来屠村,于是几次要求希明关闭学校,带着妻儿远走他乡。但希明早已将个人生死置之度外,他哪也不去,坚持留在蒋家边,向民众宣传抗日思想,普及抗日民族统一战线知识。大爷爷的行为,是为了这个家族的安危。希明伯伯的行为,是为了改变国家的命运。在家族安危与国家命运面前,叔侄俩各不相让。

为逼走这个不听话的侄儿,大爷爷停止了对希明的生活供给,断掉了他的一切生活来源。没有了经济支撑,欧阳希明的生活举步维艰。尽管如此,希明依然坚持向民众宣传抗日思想,动员社会各界力量积极抗日。在希明看来,无论地方武装还是土匪队伍,只要坚持抗日,就是一家人。

那一次,希明接到上级指示,要护送一批抗日人士前往江北。在护送途中,希明不幸身染风寒。在返回彭泽时,由于整个长江流域被日本人封锁,希明只得用小船偷渡到江心,然后从江心游泳上岸,病情也因此加重。大爷爷得知侄儿病重的消息,连夜带着家人将希明接回到蒋家边。希明回家后三天便去世了。

面对死去的侄儿,又想到早逝的二弟,大爷爷终于忍不住地失声痛哭起来。他的哭声排山倒海,惊天动地。这是一个男人失去家人撕心裂肺的呼喊,更是内心的悔恨。大爷爷眼见着希明走上了一条坎坷不平路,自己却没有能力去阻止他。

在大爷爷的心里,希明是这个家族的希望,是这个家族的未来。然而,这一切都因为日本侵略者化为乌有。大爷爷顿感眼前一片漆黑，他一连踉跄了几下差点摔倒。他艰难地摸到了一根屋柱站住，突然感觉胸口有一股气要喷薄而出。他咬紧牙关，努力压制。然而，他的努力失败了，紧接着"哇"的一声，一腔鲜血喷涌而出。鲜血洒在了地上，洒在了希明的身上。爷爷一下冲过去，将大爷爷扶住，然后将他扶到床上休息。

面对死去的侄子和口吐鲜血的大哥，爷爷仰天长啸："日本鬼子，我与你势不两立！"

在大爷爷看来，爷爷比他的侄子希明更容易惹是生非。他觉得爷爷不仅性子直，而且头脑容易发热，只要有人稍一鼓动，便容易冲动。加之爷爷又刚刚成家，所以，大爷爷坚持将爷爷拴在自己身边。在大爷爷看来，人在江湖行走，就等于将脑袋挂在裤腰带上，蹚的全是浑水，踏的都是刀尖，说不定哪天命就没有了。那时，大爷爷万万没想到，自己虽不在江湖，也不想蹚江湖上的浑水，但江湖最终没有放过他。

爷爷说的商老四，大名叫商群，是辰字号人。抗战全面爆发后，商群带着他的"抗日十人团"活跃在长江边上，专门打日本鬼子和伪军。商群将他的游击队根据地设在他的老家辰字号和朱家坞一带，游击队规模最大时有一百多人。那时，商群会将年轻队员充实到新四军正规部队去，然后接着发展游击队。

在新四军里，大家叫他商群；在游击队里，人们则叫他商老四。商群和大爷爷及希明的关系都挺好，每次去郭家桥或者芦丰口开会，都要路过振裕油坊，路过时都要进来坐一会儿。每次来，大爷爷都会留他下来吃顿饭。商群的队伍经济困难时，会来找大爷爷接济，大爷爷总是慷慨给予，从油坊的账房里提取现金给他，或者派人送到商群那里去。大革命时期，商群在安庆和东至一带闹革命。有一次，为筹措经费，商群找到大爷爷。那天，大爷爷刚送一批香油从安庆回来，见商群有困难，二话没说，便将那一批的菜油款全给了商群。

大爷爷在世时，我家油坊的菜油生意很红火，在彭泽很有名。说到蒋家边振裕油坊，几乎无人不知无人不晓。生意旺时，我家的菜油还要销往安庆、南京等地。特别是说到振裕油坊的大先生，人们总会用慷慨、豪爽这些词来赞美他。大先生就是我的大爷爷欧阳国贤。

大爷爷被土匪杨明道绑架的第二天，三爷爷在中间人的陪同下，带了银票前去杨明道的山寨求情。杨明道对三爷爷说："你家大先生不该得罪日本人。在彭泽这地界，谁得罪得起日本人呢？"

从杨明道那儿回来，三爷爷暗地里又托人去辰字号找商老四，想托商老四去杨明道那儿说个人情。受托人回来告诉三爷爷，商老四带着队伍打游击去了。那时候，游击队行踪不定，神出鬼没，一天走个百把里路是常有的事。等商群得知大爷爷遇害的消息时，一切都晚了。

爷爷在辰字号见到商群，是大爷爷遇害二十天后的事。那时，商群带着他的队伍刚刚打了胜仗回到辰字号。爷爷先找到商群的警卫员洪明远，洪明远带着爷爷去见商群。爷爷把大爷爷遇害的经过详细地告诉了商群，商群没说一句安慰的话，而是给爷爷发了一把枪，然后拍着我爷爷的肩膀说："国强老弟，什么也别说了，跟着我打日本鬼子！"

就这样,爷爷成了游击队的一员。

后来,洪明远告诉爷爷,说商老四在得知大爷爷遇害的消息后,认为杨明道会对大爷爷的家人下手,于是立即派人给杨明道捎了口信,说大先生一家对抗日是有功的,如果再动大先生的家人,就是破坏抗日民族统一战线,谁要是破坏抗日民族统一战线,新四军游击队绝不会袖手旁观。也正是商群的这句话,才挽救了大爷爷一家人的性命。

爷爷有了枪后,身上不安分的性格就开始显露出来,一天到晚脑子里尽琢磨给大爷爷和希明伯伯报仇的事。爷爷知道大爷爷的死是日本人和李延寿挑唆的,这个仇首先要记在日本人名下。日军的驻地戒备森严,目前动不了,但李延寿可以动。若找机会把李延寿杀掉,也算是给日本人和保安队一个警告,让他们今后做事不要太嚣张;从另一个角度说,也算是在商群面前立了一功。

这天,爷爷找机会向商群说出了他的想法。爷爷说:"我想找机会把李延寿杀掉!"

商老四只是静静地看着爷爷,好半天才说:"镇灵庵那边是敌占区,你怎么动手?"

爷爷说:"管他敌占区不敌占区,李延寿总是个活人。只要是活人,他总得出行。只要摸清李延寿的出行规律,我就有办法杀掉他。"

这一次商老四没吭声。爷爷知道,商老四心里在盘算这事,商老四盘算事的时候总是不吭声。

接着,爷爷又说:"只要队长同意,不批评我违反纪律,我不要一兵一卒,但枪得让我带上。我去找表弟,让他跟我一起做这事,等把李延寿杀掉,我就拉他进游击队,你看中不中?"

商老四见爷爷说得认真,最后还是松了口。商老四说:"中是中,但这样太冒险。你想杀人家,人家也时时刻刻在盯着你,得想一个两全其美的办法。"

爷爷说:"我是一个小老百姓,他的眼里只会盯着你们这些做大事的人,他肯定想不到我会去杀他,这样就给了我动手的机会。"

商老四还是没吭声。

爷爷又说:"我想过了,我表弟和李延寿的老婆都是大山张人,我让他想办法将李延寿约出来,然后找机会杀他。"

商老四仔细想了一会儿,说:"那行,我让汪定江和刘志国两名同志协助你,不过你要切记,自身安全最重要,不要做赔本的买卖。"

爷爷说:"只要队长同意,我什么事都听你的。"

从这时起,爷爷算是与日本人真刀真枪地干上了。他的抗日战争也就从这儿开始。

现在来说说李延寿这个人。

李延寿是东边李村人,抗战爆发前,他是一个实实在在的破落户,就连他的老表魏明生一家人,也不把他当人看。没饭吃的时候,他去马当找自己的舅舅——魏明生的父亲讨米,却被人家拿棍子赶了出来,骂他好吃懒做,自己都养不活自己,留在世上有什么用,不如一头栽进江里算了。后来,还是魏明生偷了半袋米给他。再后来,李延寿帮魏明生找杨明道要牛,也就是看在当初魏明生给他半袋米的分上。

日本人侵占彭泽之后，要找一些本地人组建维持会，李延寿便想方设法巴结上了日本人，在维持会里谋了一个小跟班的差事。后来，伪政府要在沿江一些地方设立保安队，维持会长江海波便推荐李延寿当上了保安队小队长，李延寿便带着三十多人的小队驻守在狮子山。自当上这个小队长后，李延寿的眼里，除了日本人便是县保安大队大队长汪小非。

这天吃过早饭，爷爷在大山张找到他表弟张梅生，把想法告诉了表弟。张梅生一听是要给大爷爷报仇，二话没说就答应跟着表哥干。

张梅生说："表哥放心，我有法子约李延寿出来，不做掉李延寿这个狗汉奸，我就不叫张梅生。"

张梅生是爷爷堂姑的独子，年龄与爷爷差不了两岁，几个表兄弟之间，跟爷爷关系最好，对爷爷言听计从。小时候，张梅生没少跟在爷爷后面做上树掏鸟窝、下湖摸鱼的事。有一次，爷爷为报复私塾的先生总是打他屁股，让张梅生拿木锯将茅坑上的木板锯断，然后小心地粘起来。结果，先生上茅房时掉进了茅坑。

先生把这事告到太爷爷那里，我爷爷把所有的事一个人扛了下来，没"出卖"表弟张梅生。太爷爷扯着爷爷的耳朵说："你怎么不学学希明，你看希明这么会读书。"

爷爷说："希明是读书的料。"

太爷爷气得把爷爷关在磨坊里三天，张梅生偷偷给爷爷送了三天饭。事后，太爷爷心里纳闷：饿了三天，怎么也没见这小子瘦半斤？后来仔细一想，料定是张梅生在背后捣的鬼。

日寇刚从马当攻进彭泽县城那会儿,张梅生的父亲张敏之在逃亡的路上,被日军的流弹打死了。从此,母子俩相依为命。后来,他们家生活拮据,张梅生姆妈隔三岔五便拖着张梅生来蒋家边找大爷爷接济。每次来蒋家边,大爷爷从不让他们母子空着手回家,总是大担小担地为堂姑准备粮食,在他们吃饱喝足后,让表弟挑回家。

大爷爷遇害后,她得到信,躲在家里哭了几天几夜,哭得差点断气。她不知道今后谁还会这样接济他们母子。其实,在大爷爷遇害后,尽管家境再也不如以前,三爷爷还是一如既往地接济张家,宁可自己与家人省吃俭用,也不会少张家母子一份。

3

爷爷见张梅生表了态,心里十分欣慰,觉得大爷爷没有白疼这个表弟。他把游击队的纪律说给张梅生听,希望做掉李延寿后,表弟能跟着自己一起去打日本鬼子。张梅生一听商老四肯收自己,当即就决定跟着爷爷参加商老四的队伍。但是张梅生觉得,眼下最重要的事是给大爷爷报仇,其他事都可以往后放一放。

张梅生说:"等做掉李延寿,再想办法把杨明道和杨彩艳杀掉,不能让大表哥白死。"

爷爷拍了拍张梅生的肩说:"现在说什么都为时过早,我们眼下就跟吃笋一样,剥一节吃一节,做到哪算到哪。眼下的目标就是杀掉李延寿这个汉奸,商老四也派了两个人协助我们。你去约李延寿,我回去等你的信!"

张梅生说:"中,你就回蒋家边去等信。"

爷爷正准备起身离开,张梅生又说:"我现在就动身去县城,打听李延寿几时回家。打听到确切的消息,我就去蒋家边找你,然后再想具体的办法。行不?"

"肯定行。"爷爷说。

爷爷喝了一口茶就起身离开了。

爷爷前脚刚离开,张梅生姆妈就从里屋出来了。她拉着儿子的手说:"儿啊,姆妈支持你去做,我们张家跟日本人有不共戴天的仇啊。要不是日本人,你爸还有你大表哥都不会死。张家和我娘家落到今日这步田地,都是日本人祸害的。你做的是被发现要掉脑袋的事,口风一定要紧。"

张梅生握着他姆妈的手激动地说:"姆妈,我和表哥说的话,你都听到了?"

"听到了,都听到了,国强一进屋,我就猜到他有大事来找你商量。"

"我姆妈精着呢!"

"你大表哥在世时没少跟我说,国强是做大事的人,商老四几次要带他走,你大表哥都没舍得。现如今你大表哥被人害了,你们老表就得站出来扛着,姑表亲,姑表亲,打断骨头连着筋呀! 等报了你大表哥的仇,姆妈和你一起去给你大表哥烧纸!"

"大表哥可怜,死后都没落个全尸。"

"你要记得这件事,不要放过祸害你大表哥的人,让他知道恶有恶报。到那一天,我要告诉我国贤大侄子,我们张家没忘记我娘家的恩。我的儿啊,等到那天,我要在我国贤侄子的坟前好好哭一场。"

张梅生抱着母亲说:"到时,我陪姆妈一起哭。"

张梅生在屋后装了一担柴火,然后挑着去县城。晌午时分,张梅生进了彭泽县城。他先去江边吴毛子的米粉店里将一担柴火换了一碗米粉和一些零钱,然后去茅屋街边上候着李延寿的老婆。李延寿的老婆叫张桂枝,每天下午要去陪保安大队大队长汪小非的老婆打麻将,张梅生就在张桂枝的必经之路上等她。张梅生等了一会儿,果然见张桂枝拎着小花包迈着小碎步往这边走来。

张梅生赶紧起身,扛着扁担故意去撞张桂枝。走到张桂枝跟前,张梅生装作偶遇的样子,亲切地喊了起来:"桂枝姐,这么巧呀!"

张桂枝一抬头看见了张梅生,也热情地打起了招呼:"哎,梅生呀,进城卖柴火呀?"

张梅生说:"是啊,我这是挑担柴火上前街,换几个油盐钱呢!"

张桂枝一笑,说:"你还是这样调皮,跟小时候一样,那小嘴甜着呢!"

张梅生说:"桂枝姐家要是缺柴火就说一声,梅生给你送两担过来,不要钱。"

张桂枝一听,满心欢喜,赶忙说:"你还真别说,家里的柴还真烧不了多久。我几次跟你姐夫说,让他弄点柴火回家,他总说'不急不急,不就是柴火嘛,不会让你在家吃白米'。你说,你这姐夫像什么样子!

马上要过年了,别人家的柴火都码得老高,我家都快没柴火烧了。"

张梅生说:"姐夫是带兵之人,他做的都是定国安邦的大事,哪有闲工夫管这些柴米油盐的小事。家里的事,还得是桂枝姐做主。"

张桂枝说:"你说得对,家里这些事,还真是指望不上他。你姐夫呀,除了每月初一、十五回两趟家,天天就在那个镇灵庵守着,也不知日本人给他灌了什么迷魂汤,整天比日本人和汪小非这个大队长都忙。哎,要不这样,你回头给姐家送几担柴火来,姐也不白要你的柴火。你砍柴也辛苦,姐家还不差这几个小钱。"

张梅生一听,正中下怀,心想,真是想什么来什么。他在心里盘算着,过几天就是腊月十五了。他想,就让腊月十五,成为李延寿的忌日。

张梅生嘴上却说:"桂枝姐要这样说就见外了,你弟别的没有,有的是力气,姐让我送几担柴火那是看得起弟,说不定以后劳烦姐夫的地方多呢,那我就腊月十五前送来。"

张桂枝一听,乐得咯咯笑,说:"那就有劳梅生老弟了。"张梅生与张桂枝约定了送柴火的日子,然后扛着扁担出了县城。

张梅生出了县城,没有回大山张,而是直奔蒋家边。到蒋家边时,日头快落山。他来到爷爷家,爷爷正在门前劈柴火。见张梅生来了,爷爷赶忙放下手里的斧头,将他往家里迎。

爷爷将表弟领到自己的房间,顺手将门关上。这时,奶奶送进一杯茶,顺口说:"表弟,晚上在家里吃饭!"

张梅生说:"好嘞,麻烦小表嫂了。"

奶奶说:"不麻烦的。"

奶奶转身出门,顺手将房门带上。

"打听清楚没有?"爷爷迫不及待地问。

"打听清楚了。"张梅生说,"李延寿每个月的初一、十五回家。"

"初一、十五?"

"我跟他老婆约定好了,腊月十五给他家送几担柴火去。"

"太好了,真是天助我也!"爷爷一听,一把抓住张梅生的双手,兴奋得大叫起来。

"我们就定在这天,把他除掉!"爷爷又说。

于是,爷爷和张梅生在房间里开始商量起具体的细节来,他们要把每一个可能发生的意外都考虑进去。爷爷这个人,看上去性格直率、办事急躁,其实很稳重,处变不惊。这正是商群十分看重的地方,要不商群也不会几次向大爷爷提出要带爷爷走。爷爷这次主动加入商群的队伍,也是商群求之不得的事。

当晚,爷爷让张梅生在蒋家边住了一晚上,第二天一早就带着张梅生去辰字号见了商群。他们把详细的计划说给商群听,然后请商群定夺。

爷爷清楚,尽管心里巴不得早一天为大哥报仇,但他现在是游击队的人,一切还得听游击队的,不能因为个人恩怨影响游击队的整体行动。爷爷去参加队伍前,三爷爷一再叮嘱他,要在部队立住脚、扎下根。三爷爷的话,爷爷至死都记着。后来,爷爷宁可牺牲自己,也不背叛或出卖队伍。

经过一番商量,商群最终同意了爷爷和张梅生的计划。然后,商群让人将汪定江和刘志国两位年轻队员叫了过来,让他俩跟着爷爷去执行任务。

就这样,爷爷成了这次行动的小组长。

冬天的日子特别短,太阳在头顶上晃一晃便朝西奔去,一天说过就过去了。转眼间就是腊月十五了。

这一天,爷爷早早地带着张梅生、汪定江、刘志国三人挑着柴火进了城。四人先将柴火送到了李延寿家,张梅生从张桂枝口里打听到李延寿会在饭点回县城,并探出李延寿回城的必经之路。爷爷决定去半路截下李延寿。

爷爷说:"去半路拦住他,这样张桂枝就不会怀疑这事是我们做的。"

张梅生说:"这个办法好,在半路上杀他神不知鬼不觉,省得以后招麻烦。"

几个人说干就干。辞别张桂枝,爷爷带着大家便往城外去。出了北城门,四人快速往闵家桥方向赶,必须在午饭前将李延寿堵在城外。大家紧赶慢赶,终于在十步岭截住了李延寿。

十步岭是一座山,从大山张翻过山顶就是十步岭。在日本人没修县城至马当的沿江公路之前,这里是人们去彭泽县城的必经之路。公路修成之后,很多人还是习惯走这条路。此处方圆十几里荒无人烟,时常有虎狼或者土匪出没,人们大多结伴同行。

李延寿每次从镇灵庵回县城,也是抄这条近路。为了安全起见,每次他都会带随从。

拐过两道山弯,张梅生一眼就看到李延寿带着一个随从从对面山脚下往这边走来。

张梅生叫了一声:"来了,李延寿果然来了!"

爷爷等人一听,迅速隐蔽在路边的草丛里。大家从草丛里探出头来朝对面望去,果然见李延寿和随从挎着枪朝这边走来。爷爷轻轻地喊了一声:"准备动手!"

爷爷和汪定江、刘志国迅速掏出了枪,张梅生也从腰间拔出了柴刀。

爷爷说:"我和汪定江对付李延寿,你们俩对付那个随从,速战速决,不要留下活口。"

"行,我上去就把他做掉,保准他喊不出声。"刘志国说完,便钻到张梅生旁边。四人分成两组埋伏在路边,等候李延寿和随从过来。

4

李延寿也是命里该绝。头一天,他接到县保安大队的通知,让他明天去马当开会。今天早上起来,又接到通知,说会议时间改在腊月二十三开,地点也改在县城。李延寿见会议时间改了,就决定按跟老婆约定的时间回家。加之临近年关,家里还有许多事等着他回去处理。于是,处理完小队的事,李延寿便带着两个随从急急忙忙地抄小路往县城赶。哪知道,爷爷就在十步岭候着他。

李延寿这人做多了坏事,所以总是疑神疑鬼,随时随地担心有人要他的命。每次出门,他都会带两个固定的随从。今天本也是带了两个随从,可是,其中一个随从早上起来就拉肚子,走不到半里路就要拉一回。李延寿一路等得心烦,气呼呼地骂了几句后,将那个跟班打发回镇灵庵去了。

下了十步岭,李延寿总感觉身后有人跟踪自己,时不时地往身后看,可身后除了随从,一个人影也没有。为了给自己打气壮胆,李延寿故意唱起山歌来。他的嗓音就像鸭公叫,十分难听。他唱的山歌叫《画眉关山姐关郎》:

> 太阳下山坞里黄,
>
> 画眉关山姐关郎。
>
> 画眉关山满山叫,
>
> 姐关小郎进绣房。

随从跟在李延寿身后嘿嘿地笑着,他知道李队长这是在给自己壮胆,于是也跟着李延寿的歌声唱起来。两人就这样边唱边快速地朝爷爷他们埋伏的地方走来。眼看着李延寿和随从来到了身边,我爷爷喊了一声:"上!"

四人同时出击,朝各自的目标冲了上去。爷爷冲上去用枪抵住李延寿的后脑勺,汪定江快速从李延寿的腰间下了他的枪。

爷爷说:"李延寿,动一动我就毙了你!"

李延寿吓得一动不动,一泡尿很快就湿了裤子。随从还没反应过来,便稀里糊涂地被刘志国和张梅生拖进了旁边的树林里,连哼一声也没来得及就见阎王去了。没几分钟工夫，刘志国便拎着随从的枪从树林里走了出来。

四人将吓软了腿的李延寿拖到树林里，爷爷用枪指着李延寿说："你认得老子不？"

李延寿一个劲地求饶："好汉饶命，好汉要什么，我李延寿就给什么。"

爷爷说："老子今天在这里要的就是你的命！老子要让你死个明白，欧阳国贤你认得吧，他就是老子的大哥，你谋害他之时，没想到会有今天吧？"

李延寿说："不，不，大先生不是我谋害的，是杨明道做的，我冤枉呀！"

爷爷说："虽然不是你动的手，但主意是你出的。如果你不听日本人的话从中挑拨，杨明道就不会谋害我大哥，这点你比我清楚，对不？"

李延寿说："冤枉呀，好汉，真是冤枉呀！"

张梅生见爷爷还不动手，上前对爷爷说："你跟他扯那么多干什么，直接做了他不就行了？"

"我要让他死个明白。"爷爷说。

"我大表哥也没死明白。"张梅生气呼呼地说。

张梅生说完，扬起柴刀，砍下了李延寿的头。李延寿连喊一声也没来得及，便身首异处。

李延寿的血溅了张梅生一脸。张梅生边抹着脸上的血渍边说："跟这种恶人说甚废话，对付恶人就要用恶法子，李延寿就是个狗汉奸。"

张梅生说完,从腰间扯下一条布袋,将李延寿的头装进布袋里。他说:"这砍人头的事是我张梅生做的,与你们游击队无关。我现在就带着李延寿的头去祭拜我大表哥,你们回游击队交差去吧!"

说完,张梅生拎着布袋往另一个方向走去。张梅生拎着布袋偷偷地来到大爷爷的坟前。为了不让外人知道李延寿是他们杀的,张梅生连香纸爆竹也没带。他从布袋里取出李延寿的头放在大爷爷的坟前,跪在大爷爷的坟前说:"大表哥,我和国强小表哥把李延寿做了,国强小表哥回游击队交差去了,我把李延寿的人头带来了,算是给你报了仇。你再等些日子,等把杨明道和杨彩艳的头拿来,我再给你烧纸钱。"

张梅生想到大爷爷对他家的好,顿时心生悲伤。他强忍着悲伤,不让自己哭出声来。他怕自己的哭声被路人听到,然后传到杨明道和杨彩艳那里,给大爷爷家里人带来灾难。

张梅生控制了一下情绪,接着说:"大表哥,姆妈告诉我,叫我不能忘了姆妈娘家人和大表哥的恩。你放心,只要有我张梅生在,就不许外人欺负我舅舅家的人。谁要是欺负我舅舅家的人,我就跟他拼命。"

张梅生说完,又实实在在地给大爷爷叩了几个头。此时,太阳早已沉到山下去了,周围的山坳里,不时传来狼嚎声。张梅生将李延寿的人头装进布袋,然后拎着布袋往深山里走去。张梅生将李延寿的人头扔在野兽和豺狼时常出没的地方,然后将布袋收拾好便走出深山。他要用这条布袋去装杨明道和杨彩艳的人头。

张梅生做完这一切，便来到振裕油坊。他将三爷爷拉到一旁，将自己与小表哥一起做掉了李延寿的事，悄悄地告诉了三爷爷。三爷爷一听，惊得半天说不出话来，然后喃喃地说："这个国强，本以为他跟着商老四长本事去了，没想到他去找人报仇，万一被日本人知道，我们家又要遭殃。"

张梅生说："三表哥不用担心，这事只要你不说，没人知道的。我和小表哥他们都说定了，谁也不能走漏风声，谁走漏了风声，我们几个决不饶他。"

三爷爷一听，心才放了下来，叮嘱张梅生，万事还是小心一些好。接着，他把张梅生和爷爷夸了一通，说总算替大哥报了仇。

李延寿的失踪，令日本人和汪小非非常震惊，汪小非整日坐立不安。一连许多天，汪小非派出多路人马打探李延寿的踪迹，无果。后来，一位砍柴的农民在十步岭山脚下，发现了李延寿随从的尸体和一具无头尸体。根据尸体的衣着，张桂枝认出这就是她的男人李延寿。张桂枝抱着李延寿的尸体哭得死去活来。汪小非认为，这件事一定是李延寿的仇人所为，而且一定是团伙作案。只有团伙作案，才能同时干掉两个带枪的人，并且做得神不知鬼不觉。

这天，爷爷和汪定江、刘志国干掉李延寿后，便回到辰字号向商群报告。商群见爷爷他们真的把李延寿这个汉奸宰了，心里十分高兴。商群叮嘱大家说："你们几个人，千万别走漏了消息，这事如果传到汪小非和杨明道那里，会给张梅生带来不利。"

爷爷拍着胸脯说："放心吧，队长，我们几个在你这儿发个毒誓，谁要是走漏了消息，谁就落得跟李延寿一样的下场。中不？"

我爷爷说完，又看了看汪定江和刘志国，两人当场也拍着胸脯发了誓。

转眼就到了大年初三，张梅生母子来蒋家边祭拜。自从商老四给杨明道带去话后，杨明道再也不敢公开为难大爷爷的家人。三爷爷按照彭泽的习俗，在家里设了大爷爷的灵位，供亲戚朋友在正月初三这天前来祭拜。张梅生姆妈在她大侄子灵前哭得死去活来。

也是在这天，爷爷当着张梅生姆妈和三爷爷的面，正式邀请张梅生加入商老四的队伍。爷爷说："加入游击队，往后就没有人敢欺负我们。"

张梅生姆妈当即表态，支持儿子跟着商老四去打日本鬼子。过了元宵，爷爷便带着张梅生去辰字号见商群。商群见到张梅生，两眼笑成了一条缝，说："嗯，不错不错，以后就跟着你表哥好好干，我们新四军就欢迎你这样的人。"

张梅生见商老四这样夸自己，乐得咧嘴笑。张梅生就这样成了游击队里的一员。

李延寿死后，汪小非一直找不到合适的人接替李延寿的位子。此前，汪小非曾多次产生过收编杨明道的念头，均因杨明道的名声太臭，才没有最终定下来。杨明道也曾向汪小非表露过，只要政府需要，他随时可以带领弟兄们前来投诚。

李延寿死后，加快了汪小非收编杨明道土匪队伍的步伐。在汪小非看来,杨明道虽然心狠手辣,但他对自己也算忠诚,从不与保安队为敌,而且对沿江一带的环境十分熟悉。如果将杨明道的这支土匪队伍收到自己的保安大队旗下,并让他们与保安队一同镇守在狮子山上,对商老四的辰字号游击队,无疑是一股震慑力量。主意打定后,汪小非便派人上门给杨明道下"招安书"。

汪小非要收编杨明道队伍的事,很快通过内线传到商群这里。汪小非这几天与杨明道来往很频繁,杨明道随时可能带着队伍去县城投靠保安队。

其实,商群也一直在做杨明道的工作,希望后者带着队伍加入抗日队伍中来,与新四军游击队一起打日本鬼子。然而,杨明道总是跟商群打太极。一说到让他加入游击队,他就说自己保证在日本人与共产党之间保持中立,不与新四军为敌。他嘴上虽这么说,祸害老百姓的坏事却一直没少做。现在看来,让杨明道抗日,只是商群一厢情愿的想法。

这天晚上,商群将爷爷叫到跟前说:"汪小非要收编杨明道这帮土匪,你要想办法打听到杨明道队伍的动向,打听清楚,立即向我汇报。"

爷爷一听,立即来了精神。他认为自己参加游击队就是为大哥报仇,如今报仇的机会来了,自己怎么也得把握住。以前,他一直想找杨明道和杨彩艳报仇,每次都被商老四拦住。商老四总是提醒他,说现在要放下个人恩怨和仇恨,要团结一切可以团结的力量一致抗日。

为这事,爷爷想不通。爷爷说:"杨明道就是一个土匪,土匪有什么可团结的? 他们就像狗一样,永远改不掉吃屎的毛病。你把他养肥了,他反咬你一口。"

爷爷想,这次商群队长主动要求自己去打听杨明道的动向,说明他对杨明道失去了信心,自己一定把杨明道的动向摸清楚。只有摸清了土匪的动向,队长才好做决策。

从商群队长那里出来,爷爷找到表弟张梅生,要他跟自己一起去执行任务。爷爷说:"我俩去一趟白子山,那里没人认得你。商群队长说,如果发现杨明道有投靠日本人的迹象,绝不轻饶他。"

张梅生说:"好,我跟你一起去!"

5

第二天一早,爷爷和张梅生草草地吃过早饭,便装扮成卖黄烟的商人前往白子山。临行前,商群把爷爷和张梅生叫到跟前,一再叮嘱,说杨明道这人生性毒辣,特别是他的二当家杨彩艳,更是阴险狡诈,一定要多加防范。

土匪杨明道和杨彩艳均是彭泽杨家岭人,早年因与人斗殴,致多人死亡,为逃避官府通缉,便纠集一帮地痞流氓上白子山落草。杨明道的活动范围多在马当、浪溪、泉山、黄花一带,平日里尽做一些打家劫舍、强奸妇女和绑票撕票的事。在当地,只要一提到杨明道,老百姓就恨得牙痒痒,恨不得剥他的皮、抽他的筋。商群带着队伍从江北来到辰字号时,曾产生过铲除杨明道土匪队伍的想法,但为了维护和巩固抗日民族统一战线,他还是打消了消灭杨明道这股土匪的念头。

商群想,如果杨明道这次胆敢加入汪小非的保安大队,为日本人效力,那就是铁了心要与新四军游击队为敌。一切与国家、民族为敌的势力,游击队必须予以歼灭。

白子山背靠茫茫大浩山,面对浩瀚的太泊湖,正是杨明道打家劫舍的好去处。这里先介绍一下太泊湖。

彭泽境内,有两大湖泊,一是芳湖,现称方湖。方湖沿岸有湖西、芙蓉墩、太平关、定山、黄岭等乡镇。我国近代著名国学大师汪辟疆就是方湖边上的老屋湾汪村人。

据《彭泽县志》记载:汪辟疆,名国垣,字辟疆,号方湖,1909 年入京师大学堂(北京大学前身),1912 年毕业,1918 年任心远大学教授。1927 年起在第四中山大学(后更名为中央大学,今南京大学的前身)任教授。1946—1948 年,汪辟疆任国民政府监察院委员、国史馆纂修。他专攻经学、文学、目录学,著有《光宣诗坛点将录》《近代诗人述评》,均为近代诗学的重要著作。其诗作辑有《方湖类稿》,其他论著还有《目录学研究》《汉魏六朝目录考略》等。

汪辟疆胞弟汪国镇,字君毅,少时与汪辟疆随父在河南任所,毕业于河南客籍中学,旋考入京师大学堂。1938 年 6 月,马当要塞失守,彭泽县城沦陷。一日傍晚,日军高桥联队闯入汪国镇家乡的村落,将来不及逃避的老弱妇孺 20 余人悉数屠杀。汪国镇与族人汪志和被俘,押往高桥联队总部。高桥联队长知其为汪国垣之弟,意图诱降,收为傀儡,款以香烟、咖啡、果点之类。翻译官向国镇传话,国镇正气凛然,予以严斥:"我中华民族为世界最优秀的民族,尔等日本侵略者若轻举

妄动,必自取灭亡。今日之事,有死而已。"遂索纸大书一"死"字,敌
酋未置一词,只强作冷笑而已。这时,国民党军 16 师大举反攻,枪声
四起,敌人乱成一团。高桥如受伤的野兽,在室内乱窜,用皮靴猛踢国
镇以泄愤。国镇跃起,怒指敌酋说:"听,这是中国的声音!五分钟之
内,你将做大陆之鬼!"敌酋狂怒,以佩刀猛刺入国镇左目,顿时血流如
注。国镇高呼:"打倒日本帝国主义!"敌兵数人以刺刀乱戳,国镇左股
折断。敌酋最后一刀刺入国镇腹部,国镇壮烈牺牲,时年 49 岁。

另一个湖便是太泊湖,也叫斗金湖。沿岸有马当、荆桥、浪溪港、
黄花畈、马路口、郭家桥等乡镇。那时候没建长江大坝,每逢汛期,江
水通过浪溪港直达大浩山腹地的港下凌和大树陈一带。

杨明道将他的土匪窝设在白子山,这里进可攻,退可守。站在白
子山的山顶,能看到马当、浪溪、泉山、黄花等地的部分村庄。

抗战全面爆发前,汪小非曾几次带着他的县保安大队,前往白子
山剿匪,均被杨明道提前得到消息逃脱。抗战全面爆发后,借着地方
权力真空的机会,杨明道进一步将他的势力壮大,队伍由当初的十来
条枪,发展到如今的二十多条枪,比抗战前的势力翻了一番。

这天接近中午时分,爷爷和张梅生各挑着一担黄烟来到一个叫菩
萨头的地方。菩萨头是太泊湖边上的一个渡口,要往白子山和浪溪方
向,必须从这里坐船过太泊湖。

此时的太泊湖正值枯水期,从这里坐船到湖对岸,水面不足一千
米。爷爷和张梅生来到渡口边上,渡口边冷冷清清,不见一个人。等
了近半个时辰,终于见到一条渔船从湖对岸朝这边划过来。

这时，从船舱里走出一人，张梅生一眼便认出那人是杨明道的表弟，叫汪得财，家住离蒋家边十几里路的后屋汪村。汪得财二十多岁，以前在餐馆里给人打下手，后来去汪小非的手下当了厨子。汪得财在餐馆给人打下手的时候，张梅生还给那家餐馆送过柴火，两人挺熟。张梅生想，汪得财会不会从白子山来呢？他会不会是汪小非派去给杨明道当说客的呢？

张梅生把自己的想法告诉爷爷，爷爷肯定地说："如果他真的是杨明道的表弟，那一定是去当说客。你想，他一个厨子，不在厨房里烧饭，跑去那边干什么？"

张梅生一想，说："也是，你说得有理。一个厨子，不在厨房里烧饭，跑去那边干什么？"

我爷爷说："先不管那么多，把他拦下来再说。"

爷爷和张梅生一合计，决定等汪得财上岸后，让张梅生出面将他拦下。不一会儿，船靠了岸，汪得财从船上下来。张梅生装作很意外的样子，走上前叫道："哎呀，得财哥，这么巧呀，在这里碰到你！"

汪得财一抬头，看见挑黄烟的张梅生，也惊讶地叫了起来："也真是巧了，你这是去哪？"

张梅生说："我能去哪，还不是跟着我表哥一起想去对面做点小买卖。得财哥，听说你现在在汪队长手下高就了？"

汪得财一把拉住张梅生，朝四下里看了看，然后悄悄地说："老弟，这话不要乱说，到处都是生人。"

"没事，没事，这里就我表哥，又没外人。"张梅生边说边指着旁边挑着黄烟的爷爷说,"这是我表哥,我这手艺都是我表哥教的。"

汪得财朝爷爷打量了一番,爷爷赶紧朝汪得财作了一个揖,汪得财朝我爷爷微微还了一个礼。

张梅生卸下担子,从里面拿出一包黄烟打开,递给汪得财。张梅生说:"得财哥,你看看这烟色怎么样?"

汪得财接过黄烟一看,并拿到鼻子底下闻着,然后连声说:"嗯,好烟色,好烟味,你表哥好手艺呀!"

爷爷赶紧说道:"得财哥过奖了,要是喜欢这烟味,就拿几包去抽抽。"

汪得财讪讪地说:"无功不受禄,再怎么我也不能白要你的烟,要抽也得花钱。"

爷爷说:"烟叶是自己家种的,手艺是自己身上的,花不了几个本钱,得财哥拿几包去就是。"

张梅生也在旁边附和道:"对对,拿几包抽抽就是。"说完,他便从担子里拿出几包黄烟包好递给汪得财。汪得财还假装推辞一番。张梅生说:"今后仰仗得财哥的地方多着呢,哪天进城上你们大队卖烟去。"

汪得财拎着黄烟在手,高兴地说:"你还真别说,我们大队都是烟鬼。改天你去县城,我给大家引见引见。"

张梅生看了看天,对爷爷说:"表哥,你看这也到饭点了,得财哥回县城还得走两个时辰,我俩过湖也不知上哪去吃饭。干脆,我们去花屋江小表妹家搞点饭,你看如何?"

爷爷说:"我是中啊,就怕委屈了得财哥。"

汪得财说:"这行吗?"

张梅生说:"有什么不行,不就是吃餐饭嘛,现在还是正月,正好去给表妹拜个年。"

就这样,三人有说有笑地朝花屋江村走去。

午饭期间,在爷爷和张梅生及小表妹夫的轮番攻击下,汪得财很快就喝多了。几杯酒下肚,那话便滔滔不绝,该说的和不该说的统统说了出来。

汪得财拍着张梅生的肩说:"我跟你说,梅生老弟,下次进城卖烟,遇上什么事,就去大队找我,我带你去找汪小非大队长。我和他是本家,我跟你说,在彭泽就没有我们大队长摆不平的事。"

张梅生说:"那是,那是,到时还得仰仗得财哥在大队长面前多多美言。"

汪得财说:"这还用说,你是我老弟,做哥哥的不关照老弟关照谁?我这么跟你说吧,不是我汪得财吹,在彭泽这地方,白道黑道我都有人。"

爷爷端起酒杯又敬了汪得财一杯。爷爷说:"一看得财哥就不是一般人,今后有什么事还需仰仗你帮忙。这杯酒我干了,你随意!"

汪得财说:"这怎么行!欠什么都可以,兄弟的酒一定不能欠。兄弟敬我,那是看得起大哥。"汪得财说完,举起酒杯又干了一杯。

汪得财说:"你肯定知道杨明道吧?他是我表哥,你说这黑道上有我摆不平的事不?"

爷爷赶忙说:"是,是,杨明道大当家的谁不知道。在彭泽,只要杨大当家的发话,没人敢不听!"

汪得财伸出大拇指说:"你这算上道了。来,我回敬你一杯!"汪得财说完,端起酒杯回敬了爷爷一杯。爷爷举杯也干了。汪得财接着说:"你们知道我这回从哪来吗?"

三人摇头。爷爷说:"得财哥是公家人,公家的事你不说谁知道?"

汪得财得意地说:"实话告诉你们,我这回是重任在身,小非大队长不是要招安杨明道吗? 他经过认真考虑,最后将这个重要任务交给我汪得财,那是大队长看得上我汪得财。你们说,我能不卖力吗?"

张梅生说:"那是必须的,如果把这些土匪招安了,不让他们去祸害老百姓,那是大好事,得财哥功德无量呀!"

张梅生说完,又敬了汪得财一杯。小表妹夫也不时地给汪得财敬上一杯酒。

三人轮番敬酒,最终把汪得财灌得烂醉,把他的话全套了出来。

张梅生把爷爷拉到一旁说:"我分析汪得财说的都是真话,接下来我们该怎么办?"

爷爷思考了一会儿,说:"你在这里看着,千万别让他跑了,我现在就回去给队长送信,怎么办让队长定夺!"

张梅生说:"如果他醒来怎么办?"

爷爷说:"他醉成这样,一时半会儿是醒不来的。我快去快回,如果在他醒来前我还没回,你要想办法将他留下来过夜,反正不能让他离开。他一旦醒来想起自己说的话,对我们的行动不利。"

张梅生说："好，我听你的，在你没回来之前，一定将他留在这里。"

爷爷紧赶慢赶，在一个时辰后赶到了朱家坞游击队驻地。此时，商群正带着队员们在这里操练。

朱家坞是长江边上的一个山村，这里三面环山，北临长江，从这里过去便是商群的老家辰字号。这里离狮子山不到七八里路，离彭泽县城也就六七里路。虽然近在咫尺，汪小非的保安大队却从来不敢来这里。原因是商群的游击队后面有强大的新四军。

见到商群大队长，爷爷将遇到汪得财的经过一五一十做了汇报。商群一听，一拍大腿，叫了声："太好了！这下你欧阳国强可是立了大功！"商群说完，拉着爷爷往游击队的驻地走，并让通信员去通知其他几个负责人来开会。

大家很快就来到驻地。会上，商群首先将爷爷侦察来的情况向大家做了通报。商群接着说："一直以来，我们始终坚持抗日民族统一战线，尽可能地去团结一切可以团结的力量，争取所有爱国力量站到民族大义一边。杨明道不仅不思悔改，还公然接受汪小非保安大队的招安，他这是要与人民为敌。我们决不能让他的计划得逞，要坚决铲除这股反动势力。"

众人纷纷表示同意队长的意见。商群说："从我们截获的情报得知，杨明道计划明天上午前往镇灵庵接受汪小非的改编，我们干脆来个将计就计，利用汪得财将杨明道引往县城，我们在杨明道前往县城的路上设点，打杨明道一个伏击，一举歼灭他的土匪队伍！"

众人齐声叫好。

6

商群进行了具体分工。商群带领一中队在董家塘设伏。董家塘是杨明道去县城的必经之路,等杨明道的队伍进入伏击圈,将其一举歼灭。指导员带领二中队在茅店岭埋伏,阻止县城的敌人前来增援。

散会后,商群将爷爷留下。商群对着爷爷如此这般地吩咐了一番,然后又将汪定江和刘志国叫了过来,让他俩与爷爷一同前往花屋江村。

太阳落山的时候,爷爷带着汪定江、刘志国赶到了花屋江村。爷爷他们到后不久,汪得财的酒醒了。醒来后的汪得财见屋里来了两个陌生人,不由得警觉起来。这时,爷爷向汪得财亮出了自己的真实身份。汪得财一听,吓得两腿发软,一屁股坐在地上求饶。

汪得财说:"兄弟饶命啊!这都是汪小非让我来的,要是不替他传话,他会要我的命呀!"

爷爷说:"起来吧,你也是穷苦人家出身,只要你不与新四军游击队为敌,我们决不会为难你。"

汪得财一个劲地叩头,说:"我只是一个烧饭的,从不与人为敌,更别说与新四军,要不是因为杨明道是我表哥,汪小非也不会让我去白子山。"

爷爷说:"这个我们都清楚,你实话告诉我,酒桌上说的那些话,是不是都是真的?"

汪得财说:"千真万确,如有半句假话,天打五雷轰! 不,你们就砍掉我的头当凳子坐!"

爷爷说:"好,我就信你一回,你要认清形势。虽然杨明道是你表哥,但他更是一个十恶不赦的土匪,人民不会放过他。汪小非是一个汉奸,他的罪行迟早要被清算,相信你拎得清。我们现在给你一次立功的机会,你要拿出实际行动证明你说的是真话。"

汪得财说:"只要我汪得财能做到的,别说一次,就是十次我也做。不是为了生活,谁愿意为日本人和伪军做事。"

爷爷说:"你再去白子山一趟,告诉杨明道,改编地点改在县城,中午汪小非会在县城设宴招待他。"

为了打消汪得财的顾虑,爷爷拿出一封信递给他,这是商群让人模仿汪小非的字迹给杨明道写的。爷爷说:"你把这封信交给杨明道,他就不会怀疑你。"

汪得财接过信说:"行,我马上去。"

爷爷说:"这里离白子山不远,你明天清早去。事成之后,如果想加入我们的队伍,我们热烈欢迎。"

汪得财不假思索地说:"这事之后,汪小非那里我也回不去了,我就一心跟着你们!"

"我们要的就是你这个态度,从现在起,我们就是一家人了,我们要团结起来,一起对付日本人。"

汪得财一听,一颗悬着的心终于落了下来。

所有的一切,均按商群的计划进行着。

　　第二天天刚蒙蒙亮，我爷爷四人便将汪得财送到菩萨头渡口。见汪得财搭渔船过了太泊湖，他们便去三家张附近等候。杨明道要去县城，必须先在这里摆渡，然后经过董家塘去县城。

　　早饭后不久，杨明道和杨彩艳带着手下下了山。汪得财一路上与土匪们有说有笑，杨明道根本看不出他已经是商老四的人。土匪们从三家张方向过了太泊湖，然后兴奋地朝董家塘方向走去。他们幻想着，汪小非此时正在县城张灯结彩地欢迎他们的到来，并请他们下馆子撮一顿。他们万万没想到，一张大网正悄悄地朝他们撒来。

　　爷爷悄悄地尾随在土匪们身后，甚至能听到杨明道和杨彩艳说话的声音。爷爷告诉张梅生和汪定江，等战斗打响后，一定要保护好汪得财的安全，决不能让汪得财受到伤害。爷爷和刘志国负责堵杨明道的后路，决不能让杨明道逃掉。

　　此时，商群队长早已经带着他的一中队进入了伏击地点。商群将一中队分成两部分，分别埋伏在道路两旁的山坡上，只等一声令下，两边同时出击。

　　眼见着杨明道和土匪队伍全部进入了伏击圈，商群大喊一声："打！"

　　顿时，子弹像撒麦子一样，从两边的山坡上向杨明道等土匪射来，一下子撂倒了六七人。杨明道正要举枪还击，一颗子弹飞来，正中他的胸口，杨明道捂住胸口倒下了。杨彩艳冲过来想救杨明道，却被火力压制得不敢上前，只得趴在地上朝另一个方向爬去。

　　眼见土匪们被打得七零八落，商群大喊一声："冲！"

　　游击队员们如猛虎下山般冲入土匪群，除了几个被打死，大部分成了俘虏。战斗只进行十几分钟就结束了。商群带着大家正在打扫战场，爷爷和张梅生拖着杨彩艳的尸体走了过来。

　　原来，打斗打响后，爷爷和张梅生等人便按之前的分工开始行动。张梅生和汪定江接到汪得财后，爷爷便让他们将汪得财带到旁边的地坝下躲藏起来，以免被流弹伤到。爷爷正要前去堵杨明道的后路，却见杨彩艳从地里探出头东张西望，爷爷举起枪，一枪就将杨彩艳击毙。

　　短短的十几分钟，商群带着游击队一举歼灭了杨明道的土匪队伍，为地方老百姓除掉了一害。老百姓无不欢欣鼓舞，个个拍手叫好。

　　杨明道的队伍被歼的消息，很快便传到了彭泽县城，汪小非大为震惊。他万万没想到，杨明道等人居然如此不堪一击。令汪小非更意想不到的是，游击队竟在自己的眼皮底下，轻而易举地剿灭了杨明道的队伍，自己这个保安大队长却毫不知情。可见自己的情报工作是多么的失败，就连日本人也打电话责问他。

　　一时间，汪小非将各地的保安小队收缩到县城里。一为保存实力，二为壮大县城保安大队的力量。镇灵庵的保安队也就随之撤回到县城去了。

　　转眼到了1943年。新四军第五师师长李先念决定要在赣皖之间打通五师、七师之间的交通路线，从而确保与军部的直接联系。鄂东军分区根据这个意图，即派挺进十八团完成这个重任。这年3月，郑重以挺进十八团政委兼中共赣北大工委书记的身份，协同十八团团长张海彪率领全团先来到长江北岸，与七师取得了联系，随即渡江南来，与彭泽境内坚持游击战的商群游击队会合,成立了皖赣边长江游击支队,郑重任政委,商群任支队长。几百人先在辰字号落了脚,然后开进大浩山,在大树陈一带扎下了根,创建了抗日根据地,建立了中共赣北大工委。活动范围由彭泽这个中心扩大到都昌、湖口、鄱阳、至德、望江、宿松7县:西起黄梅段窑,湖口流泗、江桥、兰岭、鞋山一线;东达彭泽的马当及太泊湖两岸和大浩山区;南抵至德的青山桥、官营,鄱阳的肖家岭、石门街;西北至黄梅下新、芭茅山、龙感湖北岸以及宿望湖区。至此,在彭泽除了沿江一带的县城、马当、定山外,浪溪港、柳墅、郭桥、黄岭、黄花、马路口、芦丰口、杨梓、庙前等地区都成了抗日根据地。

随着十八团的到来,老百姓四处传着:"十八团从江北打过来了,日本人在彭泽的日子长不了啦!"也有人说:"那些新四军小伙子,个个走起路来齐刷刷的,要想打鬼子,赶紧当新四军去!"

过了几天又有人说,新四军要在赣北招兵买马,壮大队伍。再后来,传出的消息就更悬乎了,说新四军战士个个都会飞檐走壁,枪法极准,黑咕隆咚的夜里,指哪打哪,汪小非和保安队再也不敢出城来了。

自从游击队消灭了杨明道的土匪队伍后,三爷爷再也不用担心杨明道报复家人,他挺直了腰杆做生意,并鼓励爷爷光明正大地跟着商群打日本鬼子和伪军,不用像以前那样躲躲闪闪了。爷爷说,我们中国就像一个大家庭,日本侵略者不走,总感觉家里占着一个外人,令人心里不踏实。三爷爷觉得爷爷说得在理。

十八团进驻彭泽后,日伪军和保安大队大部分撤到县城里去了,他们再也不敢随便出来扰民。这段时间,爷爷请了假,回家帮忙做农活。那时,游击队里有很多当地的队员,他们大都是跟着商群出来闹革命的,所以在农忙或没有战斗任务时,可以请假回家帮忙干农活。这天,爷爷正背着犁赶着牛要去田里耕田,油坊里的伙计跑来告诉他,说三先生让他去油坊,有事。爷爷放下犁,将牛系在旁边的树桩上,跟着伙计去了油坊。

爷爷到了油坊,只见洪明远正在跟三爷爷说话。爷爷知道洪明远跟希明的关系挺好,洪明远是跟着商群明着抗日,希明则是暗中支持。洪明远对爷爷说:"有新任务,商群队长让你马上归队。"

爷爷笑着说:"你看,家里的田还没耕完呢!"

三爷爷立马说:"不耕了不耕了,回头我让人去耕。明远亲自来,说明一定是有急事,你赶紧回去吧!"

爷爷见三爷爷都这样说了,也就不再说什么。爷爷说:"我回家跟银娥说一声,然后就回队伍去。"在奶奶银娥很小的时候,我太爷爷有一天去银娥家做客,一眼就喜欢上了银娥这个小丫头。太爷爷跟银娥爹一合计,便将银娥收为我爷爷的童养媳。之后,太爷爷选了一个良辰吉日,把银娥接到我们家来。银娥到我们家后,很得太爷爷和太奶奶喜欢。太爷爷让她跟着爷爷一起去学堂读书,银娥聪明,成绩比爷爷都好。后来她做什么事都很有主见,在很多大事上,爷爷总是会请她拿主意。

大爷爷遇害后,爷爷决定去投新四军。爷爷将这事告诉奶奶时,奶奶鼓励爷爷放心去,说家里的事不要担心,她会协助三哥管理好。在爷爷出去的这段日子,奶奶扮演起了爷爷的角色,除了协助三爷爷管理油坊,有时还带着伙计出门去收租。

回到家,爷爷告诉奶奶,说游击队派人来催他回去,他必须马上走。奶奶二话没说,放下手里的活就去收拾爷爷换洗的衣服。

奶奶说:"现在游击队人多了,任务肯定也就多,没事你就不要回来,家里的事我会担着。"

爷爷感激地说:"谢谢你支持工作。"

奶奶说:"你是我男人,我必须支持男人的工作。等你们打跑了日本鬼子,这功劳簿上也要记上我的名字。"

爷爷笑了,一把将奶奶搂在怀里,说:"我的功劳都是你的,没有你的支持,我也不能安心打鬼子。"

奶奶将包袱交到爷爷手上,然后趴在爷爷的怀里幸福地笑了。

7

回到大树陈,爷爷放下包袱便跟着洪明远来见商群队长。商群正和郑重政委商量事,见爷爷进来,便让洪明远去把其他几个人找来。不一会儿,张梅生、汪得财、汪定江、刘志国和另外几个面生的队员走了进来。商群将几个面生的队员一一介绍给爷爷。他们是冯三贵、李汉春、老阳头、周义甫、唐桂保、赵富贵、欧阳生、田超有、李志和。见大家都到齐了,商群便宣布开会。接下来的会议由政委郑重主持。

郑重首先向大家介绍了国内的抗战形势,鼓励大家树立抗战必胜的信心,然后向大家通报了部队目前面临的困难。皖南事变爆发后,国民党不仅在军事上对新四军进行疯狂攻击,还在经济上实行了严厉的封锁,致使新四军到了举步维艰的地步。如何解决部队的生存和发展问题?要坚决落实几条具体措施,即四大"取之":取之于己、取之于敌、取之于民、取之于商。

取之于己,就是要创建和扩大根据地,有了地盘,才有政权;有了政权,才能种地、征粮、收税、搞生产;有了钱粮,才能扩充实力,新四军才能壮大起来。取之于敌,就是狠狠地打击敌人,在战斗中缴获敌人的武器、弹药、被服、粮食以及贵重物品来武装自己。取之于民,就是要大搞减租减息,将农业税简化成两种,分别是地主、富农所交的田税与佃户缴纳的公粮。这样,既保证了新四军的粮食供应,同时又减轻了百姓的负担。最后便是取之于商,根据地可根据本地特色,发展实体经济,增加收入。

为解决部队的经费来源,郑重宣布成立新四军皖赣边长江游击支队彭泽税务所。税务所成员有:冯三贵、欧阳国强、周义甫、李汉春、张梅生、汪得财、汪定江、刘志国、唐桂保、老阳头、赵富贵、欧阳生、田超有、李志和。所长冯三贵,护税班班长欧阳国强。冯三贵、周义甫、李汉春为税务员,也是裁票员,其他人为护税员。冯三贵主持税务所全面工作。护税班负责保护裁票员及押送税款到根据地。

根据地征收的税主要有三种。一种是田税,每亩田每次征收一元银洋,每年征收两次。抗日烈士家属和新四军现役指战员家属免征,只有少量田地的困难户不征,佃田只征东家不征佃户。征收田税时开具税票。二是行商税,按出口货物和进口货物分别收税,出口货物对敌占区有利的,税重些;进口货物对根据地有利的,税轻些。由外地运粮、食盐到根据地一律不征税,农民做小买卖也不征税。三是坐商税,对根据地内的商户,按经营额收税。对日占区的乡镇街道的商人也要征收坐商税。

会上明确指出,为防止日伪军和便衣队的袭扰,税务员(裁票员)出门收税时,要有护税员保护。没有护税员保护的情况下,收税员不要私自行动。为争取多收税,税务员们要深入敌占区去收税,向商人讲明新四军的征税条件,限定时间和地点,将税款送到新四军税务员手上。

一开始,除了冯三贵、周义甫、李汉春三人,爷爷和其他人都想不通。他们来参加游击队的初衷,是上战场与日本人和伪军面对面真刀真枪地干,不是去收人家的钱。郑重便耐心地做大家的工作,说收税是为了巩固根据地,是支援前线的战士更多地杀敌人。

最后,郑重说:"同志们,抗日战争已经进入了最关键的时候,也是最困难的时期。蒋介石为巩固自己的统治地位,在亲手制造了震惊中外的'皖南事变'之后,迫于国际国内的压力,虽表面上接受了共产党的一致抗日主张,但仍视我党和我党领导的抗日力量为眼中钉。他们中断了对新四军的一切供给,在边区频繁制造摩擦,不断挑起事端,对根据地实行经济封锁,千方百计地想置我们于死地。"

"同志们,挺进十八团进驻彭泽,与江南挺进支队联合成立长江支队,就是为了粉碎蒋介石的阴谋,创建新的抗日民主根据地。我们要克服一切困难,在党的领导下收税。我们要团结一切可以团结的力量,积极巩固抗日民族统一战线,号召所有人有钱出钱,有力出力,全力抗日。必要时,我们的拳头要打出去,对阻碍我们税收工作的敌人,要坚决予以消灭。"郑重的话,说得大家心里顿时亮堂起来。

郑重最后说:"鬼子是秋后的蚂蚱、兔子的尾巴,他们在中国大地上横行的日子长不了啦!"

众人热烈地鼓起掌来。

因为特殊的历史环境,收税对这群游击队员来说,都是大姑娘上花轿——头一回,一点儿经验都没有。尽管大家知道税收对新四军游击队的重要性,但因为没经历过,所以都不知道从何处下手。于是,大家便七嘴八舌地议论起来。

商群见大家的积极性都挺高,便将长江对岸宿松地区的税收情况向大家做了介绍,并建议冯三贵找机会带大家去江对岸参观学习。其实,早在1938年10月,商群、詹大金等人便在小孤山、太泊湖一带分别设立了税卡,对商人收起了行商税,以解决抗日经费不足的问题。到了1941年6月,为适应抗日根据地建设的需要,新四军在宿松地区成立了专门的税收机构,下设七个税务所。

商群说:"说是税务所,但你们没有固定的办公场所,无论白天还是晚上,你们都要将税款背在身上,就连开税票也只能铺在腿上开。所以,你们的工作永远在路上,在脚上,在背上,在腿上。你们的工作,不仅关系到近千名战士的吃喝拉撒,更是抗战经费的重要来源,它直接关系到我们的抗战到底能打多久。同志们,你们肩负的使命是光荣的,你们身上的责任是重大的,你们的任务是非常艰巨的。你们不仅要在游击区收税,更多的是深入敌占区收税,你们面临的敌人将是凶残的,你们面临的困难更是多重的! 大家有没有完成任务的信心?"

众人一齐表示:"保证完成任务!"

这次会议公布了根据地的统一税率:生活品百分之二、茶叶百分之六十、棉花百分之五、食盐免税等。

会议一直开到晚上才结束。会后,大家的劲头都很足,兴奋得彻夜难眠。大家又聚集在所长冯三贵那里,商量下一步工作如何开展。虽然会上郑重书记和商群支队长给大家指明了方向,但真要落到具体工作上,大家又不知道从何处下手。大家你看看我,我看看你,只知道一个劲地呵呵傻笑。最后是所长冯三贵打破了僵局。

冯三贵说:"俗话说,三个臭皮匠,顶个诸葛亮。人在世上走,刀在石上磨,经验是摸出来的。我想,活人总不会被尿憋死,总会有办法的。"

听所长这么一说,大家又议论纷纷。可是,议来议去还是没议出个名堂来。爷爷是个急性子,他说:"我看县城做买卖的人多,那里税源一定多。商人们过去把税钱交给日本人和伪政府,伪政府却用这钱买弹药来打我们,现在我们干脆进城去收税,用这钱来对付鬼子和汉奸。"

所长冯三贵一听,说:"嗯,这个方法好,我看行!"

爷爷见所长表扬自己,摸着头嘿嘿地笑着。爷爷说:"我也是随口说说,大家再商量商量。"

冯三贵说:"就这么办,进城收税去。哎呀,真看不出,你欧阳国强还真是个有想法的人,难怪商群队长一再向我推荐你来税务所,他还真没看错人。就这么定了!"

进城收税,谈何容易!

虽说确定了收税的方向,可是县城是敌占区,那里不仅有伪军的保安大队,还有日本兵驻守。加上城里的商人都没有向新四军交税的先例,商人们是个什么态度,大家心里都没底。

最后,冯三贵拍板:"先派人进城去一趟,摸一摸城里商人们的底,看看他们的态度。"

爷爷说:"我同意这个办法,我看行。"

冯三贵说:"我们进城后,想办法将维持会会长江海波的儿子江小才争取过来。这小子虽然为日本人做事,但总算有点良知。我们要让他去做做他父亲的思想工作,让他父亲不要与新四军为敌,不要与人民为敌。这样也便于我们今后开展工作。"

众人一听,纷纷点头,表示同意所长的决定。

后来,爷爷向所长冯三贵提了一条建议,将税务人员的落脚点定在蒋家边振裕油坊。爷爷说:"振裕油坊是县城和根据地的中心地带,那里的群众基础好,当初我侄子希明在那里办学校宣传抗战,大家都很支持。"冯三贵把我爷爷的建议报告给商群和政委郑重,商群和郑重也表示同意。商群还对郑重说大先生和三先生都是进步人士,他们都用实际行动支援过新四军游击队。

经过一番精心商议,冯三贵决定带着爷爷和张梅生先去彭泽县城摸摸情况,看看城里商人们对新四军的态度。

五月,地里的麦子熟了,空气中到处都弥漫着成熟的麦子味道。这时候是庄稼人收麦子的季节。燕子在他们的头顶上像荡秋千一样飞来飞去,一会儿上一会儿下地寻找着地上的麦子。蜻蜓也在田野间飞着,飞得人头晕目眩。五颜六色的野公鸡"咕咕——咕咕"地叫着,它们带着自己的伴侣,成双成对地从这个山包飞往那个山包。它们"咕咕"的叫声和满身好看的羽毛,让割麦子的人眼馋。他们都希望这些野鸡能飞到自己的面前,这样他们就可以将它们捉回家美美地吃上一顿。他们甚至一边割着麦子,一边想着香菇炖野鸡的味道。那个味道,定比家养的母鸡的味道还要鲜。

这天吃了午饭,冯三贵便带上爷爷和张梅生去彭泽县城。三人装扮成进城办事的商人,一路上边走还边唱着山歌。临近县城,三人分开行动,在日头快落山时,都先后混进了城里。

彭泽是一个超 2200 年历史的古县,公元前 203 年建县。彭泽经历了两千多年来的沧桑变幻,县域建制一直延续至今。值得一提的是,中国历史上两位名人陶渊明和狄仁杰都曾在彭泽当过县令。彭泽现隶属于江西省九江市,位于江西最北部,赣、皖两省交界处,长江中下游。

8

彭泽在石器时代即有人类生息繁衍。彭泽之名,因鄱阳湖而来。夏商周春秋战国时期,将彭蠡泽周边地区,统称为彭蠡。秦统一六国后,将全国分为三十六郡,彭泽地域属九江郡。汉高祖四年(前203),改秦所设的九江郡为淮南国,彭泽建县自此开始。三国时,彭泽的南境归吴,属彭泽郡。

晋惠帝永兴元年(304),分庐江、武昌二郡之一部,立寻阳郡,共领三县,原属豫章郡之彭泽,此时即划入寻阳郡。同年,又析彭泽地之一部,置上甲县,与彭泽同属寻阳郡。东晋义熙八年(412)又废上甲县,复入彭泽。南朝宋、齐两代,彭泽属江州郡。隋开皇九年(589),废除梁、陈二代所设的郡县,撤除晋阳、和城、天水、彭泽四县,合为龙城县。至开皇十八年(598),又废龙城县,复改名为彭泽县,仍属江州郡。隋炀帝大业三年(607),江州郡改为九江郡,彭泽属之。

唐高祖武德四年(621),置江州,领湓城、浔阳(唐以后改寻阳为浔阳)、彭泽三县。武德八年(625)废浩州,撤销乐城县复并入彭泽,与都昌县同属江州管辖。唐玄宗开元二十一年(733),分江南道为江南西道,置西道观察使,辖洪、饶、虔、吉、江、袁、信、抚八州,其中江州辖浔阳、彭泽、都昌三县。南唐升元二年(938),彭泽属江州奉化军。北宋太祖开宝八年(975)、徽宗大观三年(1109)和南宋高宗建炎元年(1127),彭泽均属浔阳郡,改名定江军。建炎三年(1129),合江州、池州、饶州、信州为江州路,彭泽隶属江州路。

元世祖至元二十二年(1285),江西行省江州路管五县,彭泽为其一。洪武九年(1376),江西承宣布政使司辖十三府,江州路改为九江府,领五县,彭泽属九江府。清代沿袭明制,彭泽仍属九江府。民国三年(1914),江西全省划分为豫章、浔阳、庐陵、赣南四道,分领八十一县,其中浔阳道辖二十县,彭泽为其一。

彭泽县龙城镇,是一座三面环山、北临长江的古城。相传,隋文帝改郡县制为州县制,召集百官商议想将梁之彭泽、和城、晋阳、天水四县合一。百官齐颂文帝之英明,称此举为民生福祉。文帝对四县合一后定何名十分纠结,此时有一天师建言:"天下山水灵气者,皆多卧虎藏龙也,且多以龙名之。今四县合一,域广人众,龙气也;濒于浩渺蠡水,龙兴也。山河城池皆龙之所栖息,故新县名'龙城'可乎?"隋文帝龙颜大悦,觉得此名甚好,遂拟圣旨,定为龙城县。

开皇十八年(598),由于龙城县交通不便、吏治不力,故而又废龙城县,恢复彭泽县,仍归属江州郡。龙城县历时九年,有史可查。千百年来,它在世人心中留下了美好回忆。唐时,狄仁杰为彭泽县令,将县衙由黄岭搬至今日彭泽老城区,为了不让世人忘记曾经的龙城县,则把县衙所在古镇取名为龙城,龙城镇应运而生。

站在远处望龙城,一道古城墙将城内与城外隔开。城门有东、南、西、北四个,城墙上和城门口都有鬼子和伪军把守。天一黑,城门就关得死死的,生怕新四军游击队混进城来。

爷爷他们进城后，先在西门找了个旅店住了下来，然后再去附近的小店弄点吃的。

三人来到小店，店家热情地将他们往里迎。三人点了两个小菜和三碗炒粉。不一会儿，店家将小菜和炒粉端了上来。三人正吃着，一个长得挺标致的警察走了进来。警察进来后，四下里打量着，就像在审查店里有没有可疑人员。这位警察看上去三十来岁，身材魁梧。冯三贵认得他，他是打入县警察大队的地下党员时卫华。时卫华是本县腊树时村人，学生时期便加入中国共产党。第一次国共合作破裂后，一直潜伏在国民党内部，如今在警察大队郭雨城手下任分队长，冯三贵曾多次与时卫华联系过。

冯三贵让爷爷和张梅生去外面吃。爷爷知道，所长是让他俩去外面监视敌情，有情况随时报告。于是，爷爷和张梅生端着饭碗蹲在门外。

时卫华点了两个小菜和一碗饭在冯三贵旁边的桌子边坐下，两人接上头后，时卫华将江小才的住处以及城里日伪军的布防情况，向冯三贵一一做了介绍。由于近期新四军游击队在县城周边活动频繁，城里日伪军的嚣张气焰收敛了许多，城里控制得很严。

时卫华走之后，三人回到旅店。冯三贵把爷爷和张梅生叫到一起，将城里的情况向两人详细地说了一遍。三人一合计，决定午夜十二点钟后开始行动。

过了十二点，三人立即行动起来。

街上没有一个行人，整个县城内死一般寂静，偶尔从附近的山上传来几声虎啸狼嚎和猫头鹰的叫声。江面上不时有战船和巡逻艇隆隆驶过,探照灯的灯光在来回照射,空气中弥漫着血雨腥风。

爷爷三人,就像三只矫健的猫,在巷子里三转两转就来到了江小才的住处。江小才住在南岭脚下一间很普通的民宅里,宅子由一人多高的院墙围着,让人觉得这幢普通的民宅有一种神秘感。爷爷在院子前转了一圈,从地上拾起一颗石子扔进院内,然后侧耳听院内的动静。发现院内没有动静,他便朝张梅生招了招手。张梅生知道爷爷的意思,便蹲下身子。爷爷踩着他的肩,一下子跃上了院墙,然后翻身轻轻地落进了院内。

紧接着,冯三贵也踩着张梅生的肩翻进了院内,留下张梅生在外接应。

这天晚上,保安大队长汪小非过生日,江小才被邀请去陪伪县长,直到半夜才回家。这几天,江小才正赶上肠胃不适,一直在吃老中医开的药。席间,江小才本不打算喝酒,但经不住汪小非和大家劝。几杯酒一下肚,肠胃又开始闹腾。

回到家,江小才叫他老婆赶紧给他煎药。他刚端起药碗准备喝药,肚子又疼了起来,不得不放下药碗往茅房跑。他在茅房蹲了一会儿,提着裤子正要迈出茅房,却被爷爷逮个正着。爷爷用枪抵着他的腰说:“别动,动就打死你!”

江小才本是个读书人,生性本分、胆小,戴着一副眼镜,看上去文质彬彬。从小到大,他一直被父亲江海波惯着,尽管现在成了家,也参加了工作,还经常与日本人打交道,但从没有拿过枪,更没有被人拿枪顶着,顿时吓得不知所措。

这时,冯三贵走上前来,说:"江少爷,请放心。只要你配合我们的工作,新四军绝不会为难你。"

冯三贵说完,又对着我爷爷说:"你通知外面的同志,让他们注意警戒。"

爷爷跑到墙根下,小声向外面吩咐:"一排长,我们货已到手,通知二排、三排注意警戒!"

张梅生在外应着:"二排、三排,注意警戒!"

张梅生喊完,差点笑出声来。

江小才见爷爷和冯三贵没有伤害他的意思,便赶紧系好裤带,然后将爷爷和冯三贵请进了家里。

进了正屋,江小才的妻子见家里突然来了两个持枪的陌生人,吓得大气都不敢出。江小才让妻子赶紧给我爷爷和冯三贵泡茶、递烟。他搬来两把椅子让爷爷和冯三贵坐下。爷爷让冯三贵坐,自己则站在一旁。

爷爷说:"让我们所长坐,他有话要对你说。"

江小才毕恭毕敬地说:"愿听长官教诲。"

冯三贵坐下,然后对江小才说:"你也坐吧!"

"是,是,我也坐。"

江小才这才听话地坐下。冯三贵看了江小才的妻子一眼,说:"这里没你的事,休息去吧!"

江小才的妻子听话地去了房间。

　　江小才抬眼看了爷爷一眼，又看了看冯三贵，然后试探地说："长官，有什么话，您尽管吩咐。只要我江小才能办到的，我决不说一个不字。"

　　冯三贵端起桌上的茶杯慢慢地喝了一口，然后慢条斯理地说："其实，这件事对你江少爷来说，根本不算什么事，只是看你愿不愿意与我们配合。"

　　江小才点头如捣蒜："配合，一定配合！"

　　冯三贵轻轻地点了点头。

　　冯三贵说："江少爷，请放心，我们并无伤害你之意，新四军做事历来光明磊落，从不伤害无辜。本打算今晚请你出城一趟，但考虑到太晚，也就不劳驾了。你我都是中国人，中国人要为中国人办事。"

　　江小才说："长官说得对，中国人要为中国人办事。"

　　冯三贵说："你能清楚这一点，很好，说明你还有良知。新四军的力量正在日益壮大，抗日的烽火已经燃遍了全国，这点你应该非常清楚，彭泽县城也在我们新四军的掌控之中，日伪军早已经是我们的网中之鱼，帮日本人办事，是绝对没有好下场的。"冯三贵停顿了一会儿，看了江小才一眼，接着说："我把话挑明了吧，眼下我们新四军成立了一支收税队伍，为抗战筹措经费，近期我们准备进城开展一些工作，希望江少爷能给予帮助和支持。"

　　江小才听完后，立即表态说："没问题，我一定尽力，一定尽力。还有，家父的工作，我也一定去做。他当这个维持会会长，也是被日本人所逼，家父的心里还是向着国家的，我一定让他带头支持新四军的工作。只要长官不计前嫌,我江小才愿拿人头担保,我们父子,一定会全力配合你们的工作,请二位放心!"

冯三贵一听,立即一拍大腿,说:"好!有你这个态度和这些话,我们就放心了。今晚这一趟我们没有白跑,人民会记住你的!"

冯三贵与江小才又说了一阵话,然后便起身告辞。江小才将我爷爷和冯三贵送出家门。

这时,鸡叫头遍了。

9

爷爷和冯三贵他们回到蒋家边振裕油坊时,太阳已升起老高了。汪得财老远看到爷爷他们朝油坊走来,兴奋地跑去告诉大家。大家从油坊里涌出来,围住爷爷问这问那。这之前,大家都没碰到过这种事,都在心里为他们担心、着急:担心江小才不配合怎么办,担心路上遇上日本兵、保安队或警察怎么处理。大家胡思乱想,一晚上都没睡好,天没亮就让人去路上迎,可几次都没见到人,一个个紧张得汗珠直冒。汪定江甚至要去县城找他们,最后被老阳头给拦了下来。

老阳头安慰大家说:"做工作哪有那么容易,如果事事都这么顺利,日本人早就被我们赶回家了。何况所长他们这次也是大姑娘上轿——头一回的事,也没有经验。再说,这次是深入敌占区,是深入敌人的老窝里,多一点时间也是正常的,大家千万不要意气用事,不要给所长添乱。"

听老阳头这么一说,大家才将已提到嗓子眼的心又放回肚子里。

这时,老阳头捧着黄烟筒,乐呵呵地站在一旁,看着大家围着所长那兴奋的样子,心里特别高兴。他觉得这支队伍里的同志亲得像一家人,工作肯定能顺利开展。

回到油坊,冯三贵和爷爷他们来不及歇息,便把全所的同志召集到一起,简要向大家汇报了这次进城的收获。汇报完后,汪定江和刘志国等人围着爷爷,要他详细说说这次的经过,爷爷便添油加醋地讲他们如何乔装进城,如何遇到伪军,又如何脱险。说到惊险处,爷爷撸起袖子站在板凳上说:"说时迟,那时快,眼看张梅生就要被保安队的人抓住,只见冯三贵所长大吼一声:'休要猖狂,看我怎么收拾你们!'冯所长说完,飞身过去,伸出两根手指几下便点了他们的死穴,那几个保安队员定在那里一动不动。"说到这里,我爷爷便停了下来。

"那后来呢?"

"他们一直站着不动吗?"

"后来他们追来了没有?"

汪定江等人着急地问。

"后来?是呀,后来呢?"爷爷看着汪定江等人问。爷爷见大家一脸不知所措的样子,装出一副很无所谓的样子说:"后来我们不就回来了吗?"

众人一听,哈哈大笑,这才明白爷爷是在逗他们开心。他们追着要打爷爷,爷爷与他们打闹成一团。

吃过早饭,冯三贵再次将大家召集在一起,研究进城收税事宜。

爷爷和大部分人主张尽快进城,以免夜长梦多,冯三贵则认为条件尚未成熟。冯三贵说:"尽管江小才答应得很爽快,但我们还不知道江海波的态度,万一他们父子意见不一呢? 还有,如果江小才反悔怎么办?再说,进城后的工作怎么开展,城里有多少商户,每户商人我们征多少税,这些都是我们要先摸清楚的,不能头脑一热就冒失地闯进城去。此次出征,意义重大,是我们税务战士的首战,只能成功,不能失败。"

大家交头接耳,连连点头,认为冯三贵所长分析得有道理。冯三贵接着说:"这次行动,我们必须要做到万无一失,我想等两天我们再进城一趟去摸清楚那些大商户对新四军、对抗战的态度,要争取得到他们的主动支持。另外,我们还是要见见江海波,毕竟他才是维持会会长。我们要进一步做好他们父子的工作,稳住他们父子。"

会议决定,由爷爷护送周义甫进城。周义甫这次是扮成教书先生混进城。爷爷还是挑着一担柴进城去卖。周义甫进城后,通过共产党的地下组织找到了一些民主人士和一些大商户,了解到商人们对向新四军缴税的态度。那些民主人士和大商户都同意向新四军纳税,支援抗战。

了解到商人们的态度后,周义甫又去了江小才家,并通过江小才见到了江海波。江海波约定,五月初十这天在磨盘山下的田村与冯三贵见面。

江海波为何要将见面的地点定在田村? 因为他的姑妈住在田村,他和儿子一起去看望姑妈,才不会引起外人的注意。到了约定的日子,江小才陪着父亲江海波以走亲戚的名义,早早地来到了田村。江海波父子到达不久,爷爷、冯三贵和周义甫三人如约而至。

大家见面后先寒暄了一阵,然后切入主题。冯三贵首先向江海波介绍了国内和国际反法西斯的形势,接着讲了抗日民族统一战线,然后重点说了新四军目前面临的困难。冯三贵说:"江会长,我们都是中国人,助纣为虐是不会有好结果的。汉奸李延寿就是个很好的例子,死后连个全尸也没留下。他之所以落得这个下场,就是因为他背叛了国家,背叛了民族,必将受到人民正义的审判。我知道你们父子为日本人做事是身不由己,所以你们要利用好自己的身份,多为民族、为国家做有意义的事,不要成为人民的公敌。如果你们一直为抗战贡献自己的力量,等到抗战胜利的那天,功劳簿上一定会为你们记上一功的。"

冯三贵说完,江海波一个劲地点头。江海波说:"冯所长的话句句在理,其实,我出来当这个维持会会长,也是被逼无奈。谁都知道,日本人迟早完蛋,当汉奸肯定没有好下场。上次周先生在我家说的那些道理,我一直记在心上。你们放心,只要我能做到的,决不说一个不字。"

冯三贵说:"你有这种态度,我们就放心了。"

接下来,两人又商量了一些关于向商人们征税的事情。江海波说:"我家在城里也开了一家小店,我家带头向新四军交税,如果你们税务员进城收税,我会保证你们的安全,并亲自护送你们出城。"

经过反复商量,大家最后决定五月十五晚上进城收税。

一想到五天后要进城收税,税务员们和护税员们心里都无比激动。大家都没有经历过这样的场面。以前家里穷,大家见到的都是地主来自己家里收租的场面,现在却要亲手去收富人的税,这在心理上是怎样的一个反差呀!如果真的到了那一天,看到富人拿着一大笔钱来交税,自己会不会紧张呢?会不会紧张得连钱都数不清楚呢?

看到大家这样紧张,冯三贵就安慰大家。他说:"我们收富人的税,是用来支持抗战的,是用来买武器打日本鬼子的。我们收税与地主收租是两码事,有着本质上的不同。作为新四军的税务员和护税员,我们要感到无上光荣。我们只有多收税,前线的战士才能多杀敌!"

冯三贵的一席话,让大家茅塞顿开。大家便开始为五天后的工作做准备。

五天时间一晃就过去了。

到了这天,吃过午饭,税务员们和护税员们便开始着手行动。大家一个个精神抖擞,有的擦枪,有的清点税票,还有的在清点零钱。临出发前,冯三贵把大家召到一起开了个战前动员会。会上决定,冯三贵、周义甫、欧阳国强、张梅生、老阳头五人进城收税,汪定江、刘志国、汪得财、唐桂保、赵富贵、欧阳生等人埋伏在城外的马湖边上接应。只要城内有枪声,立即向城门开火,造成新四军前来攻城的样子,减轻城里税务人员的压力。同时,城外的人要及时将发生的情况向商群支队长和郑重政委报告。田超有、李志和两人坚守后方。

会议结束后,大家便三三两两从油坊里走出,然后朝县城方向走去。众人约定,晚上八点钟在江海波家集中。

五月十五这天,正赶上警察大队大队长郭雨城家娶儿媳妇。时卫华将警察大队所有的中队长、小队长和各科室的负责人都拉到郭雨城家喝酒去了,就连保安大队大队长汪小非也带着一帮手下赶去贺喜。大家从中午喝到晚上,直喝得天昏地暗,都把工作抛在了脑后。

晚上八点,税务员们如期来到了江海波家里。此时,江海波也借机从郭雨城家的婚宴现场抽身回了家。江海波将郭雨城家的婚宴情况向大家做了介绍,叫大家放心工作。

不多时,许多商户先后来到江海波家里。他们都是通过城里的地下党做工作后,同意向新四军税务所缴税的进步商人。冯三贵让我爷爷、张梅生和老阳头去外面站岗,他自己和周义甫在屋内收税。

见商户们陆续到齐后,冯三贵便开始向大家宣传新四军的税收政策以及根据地的税目税率,并向大家介绍了新四军目前面临的困难。冯三贵呼吁有识之士有钱出钱,有力出力,全力支持抗战,鼓励商户到根据地经商,向根据地政府纳税。冯三贵说:"大家只要到根据地经商,我们会保证你们的人身安全和财产安全,保障你们的经营权利不受侵害。你们在根据地内任何一个地方缴了税,只要拿上我们的税票,根据地内其他地方不再重复征收你们的税。"

与会的商人和进步人士都当场交了税,有的还捐了食盐和药品。冯三贵和周义甫一一开了"共"字税票,并盖上镰刀榔头章。见商户们踊跃交税,江海波还主动帮助税务员将商户的纳税情况造册登记。冯三贵让大家妥善保管好税票。他说:"等打跑了日本鬼子,这税票就是大家支援新四军、支援抗战的证明。"

工作一直进行到深夜。

我爷爷带着张梅生和老阳头在外站岗,他们一点儿都不敢马虎,生怕自己的一个失误,让警察或保安队钻了空子。三人分别躲在三个不同的地方,观察着周围行人的一举一动。

眼看着商人们陆续从江海波家走出,爷爷估计工作进行得差不多了,便来到张梅生身边,让他帮着盯着自己观察的方向,说自己要去前面看看,要尽量将警戒的范围扩大一些。张梅生见爷爷说得在理,便同意替爷爷观察他负责的方向。然后,爷爷又去老阳头那边,把自己的想法告诉给了老阳头,老阳头也支持他的做法。

10

爷爷从巷子里出来,往大街上行走了不到一百米,突然发现前面围着一群人。他走近一看,发现是保安队小队长何三金正在盘问一个商户。

何三金问:"大半夜的,你们神神秘秘的做什么?"

只听那商人说:"我们真的没做什么,只是去江会长家坐坐,说说生意上的事。"

我爷爷一听,顿感不妙,想都没想便转身溜进了巷子里,然后拔腿往江海波家里跑。爷爷认得何三金。有一次,他跟着大爷爷进城跟人谈生意,正赶上何三金带着手下来找那个生意人收保护费。因为保护费收得太多,那个生意人没同意,便与何三金争执起来,结果遭到一顿打,保护费却没少交一分。因此,爷爷对何三金的印象特别深。

来到江海波家边上,爷爷将张梅生和老阳头叫了过来,叫他们做好战斗准备,说何三金马上要过来。我爷爷说完,便冲进江海波家里。

这时,冯三贵刚送走最后一位商户,转身要来帮江海波收拾税票和一大堆税款,却见爷爷猛地冲了进来。爷爷着急地说:"冯所长,何三金马上要过来了!"

冯三贵一听,问:"什么情况?"

爷爷说:"我刚在街上看到何三金在盘问一位商户,问他这么晚出门干什么,这位商户说他们刚刚在江会长家商量生意上的事,我担心那人经不住何三金的盘问。"

江海波一听,顿时吓出一身冷汗,结结巴巴地说:"这,这可怎么办?"

冯三贵安慰江海波说:"江会长不用担心,如果何三金真的来质问你,你把责任往我们身上推,就说是游击队逼着你做的。如果你不按游击队说的去做,游击队就会为难你和你的家人,你就这么说。"

江海波的心这才安定下来,连声说好。可是,眼前桌上一大堆的税票和税款,大家一时不知怎么处理。眼见时间紧迫,爷爷来不及多想,对冯三贵说:"冯所长,要不这样,你们赶紧收拾,然后找地方藏起来。我们去把何三金引开,待明天你们再想办法出城。"

冯三贵想了一下说:"只能这样了,你们要小心!"

爷爷说:"放心吧!"

爷爷说完,便拎着枪跑了出来。

冯三贵和周义甫赶紧收拾桌上的税款和税票。江海波也手忙脚乱地帮着忙。

何三金外号叫何长颈,因为生得头大脖子长,所以得了这个外号。何三金的老子叫何满贯,是离县城三十里路新屋何家的大地主。说起这对父子,没有人不恨他们。这父子俩一肚子坏水,不知有多少穷苦人受过他们的欺负。何三金这家伙小时候不知得了一场什么病,长到六七岁时,头长得很大,脖子却不见长粗,只是一个劲地往长长,最后竟长得跟吊颈鬼一样。

何家这对父子,一生都在算计别人。谁家的地好,谁家的田肥,他们父子心里都装着一本账,整天变着法子侵占人家的好田好地。今年没占去,明年再想着法子接着占,直到把那些好田好地全据为己有。

那年,村头何木生的儿子何长贵病倒了,家里却拿不出钱来给何长贵治病,只能眼睁睁地看着他的病越来越重。何满贯知道这事后,就动了歪心思。他拿着一块大洋来到何木生家里,当着何木生一家人的面说:"不是我说你木生,长贵都病成这样,你怎么不送他去看病?钱就这么重要吗?"

何木生一脸愁容地说:"还不是家里穷呀!"

何满贯说:"穷,穷,穷,整天就晓得喊穷,难道你就穷得一句话都说不出口吗?没钱你不说,谁知道你没钱?唉,叫我说你什么好呢?"

何满贯说完,从怀里掏出一块大洋递给何木生,说:"这钱你先拿着,不够尽管向我开口,救孩子的命要紧。"

何木生一家跪在地上给何满贯叩头,说感谢何老爷的救命之恩。可是,没过几天,何满贯就派人来讨要这一块大洋,说老爷家里要办大事,急需用钱。那会儿,何木生的儿子还在救治,哪里拿得出钱呀!来人告诉何木生,三天内如果不还钱,就要拉何木生去见官。何木生一家人急得直跳脚,无奈之下,只得将家里的两亩好田做了抵押,等有了钱再赎回来,并立下了字据。哪知那立字据的墨水被何满贯倒了乌龟尿,墨迹未干时清清楚楚,墨迹干后便成了白纸。

何木生带着儿子何长贵来何满贯家讨说法,却被何满贯带着家丁打了出来。何木生气不过,趁儿子没留神,一头栽进了何满贯家的水井。等大家手忙脚乱地将何木生从井底捞上来时,何木生早就没气了。更令人愤怒的是,何满贯还当着全村人的面说,何木生的尸体把他家水井里的水弄脏了,必须要让何木生的家人赔。没等何木生满七,何满贯便命人将何木生的大女儿抢去当用人,说是要用何木生女儿的工钱重打一口井。几天后的一个早上,何满贯的家人发现何木生的女儿吊死在何满贯家的后院里。听何满贯的家人说,何木生的女儿被抢进来的那天晚上,就遭到了何满贯父子的强奸。

后来,何长贵几次拎着柴刀去何满贯家报仇,都被何满贯和家丁打了出来。为了报仇,何长贵投奔了曾晓春的游击队,跟着曾晓春打土豪分田地。一天夜里,何长贵带着农会会员闯进了地主何满贯的家,抓住了何三金,严惩了恶霸地主何满贯,分了他家的家产和田地。何三金趁着农会会员没注意,逃了出去,连夜逃到了安庆。而何长贵则在后来的兆吉沟保卫战中牺牲。土地革命时期,兆吉沟是赣皖边中共彭泽县委所在地,是皖赣边七县革命斗争的中心。

直到抗日战争全面爆发,何三金才随着日本人回到老家彭泽,并在汪小非的县保安大队谋得一份差事。

这晚,何三金在郭雨城家喝完喜酒,又带着一帮弟兄去夜店嫖娼。一行人在夜店闹到很晚出来,正准备去夜宵店吃消夜,走到南岭客栈附近,却发现一些商人神神秘秘地从巷子里出来。何三金生性多疑,忍不住便抓了一个商户盘问,刚盘问几句,就被爷爷听到了。

果然不出爷爷所料,那位商人终究没有招架住何三金的盘问,如实将新四军税务员来城里收税的事说了。爷爷从江海波家出来,立即带上张梅生和老阳头去巷子外面。三人刚出巷子口,便发现何三金带着一群保安队员朝江海波家这边冲来。只听何三金说:"快,给我把江海波家围住,别让新四军跑了!"

爷爷一听,决定先下手为强,将何三金和保安队引开,为冯所长和周义甫争取时间。三人决定先干掉何三金。主意已定,爷爷抬手就朝何三金开了一枪。这一枪打偏了,只打中了何三金旁边的一个手下,吓得何三金和手下赶紧躲开。借此机会,我爷爷带着张梅生和老阳头转身朝另一个巷子里跑去。

何三金见爷爷等人跑进一条巷子里,带着人在后面疯狂追赶,子弹嗖嗖地从爷爷的身边和头顶上飞过。这时,城里响起了警报声,警察大队和保安大队都出动了,大家都不知道到底发生了什么事,以为新四军来攻城了。

爷爷三人边打边跑,目的是把何三金引开,为冯所长他们撤退赢得时间,却没想到钻进了一条死胡同。跑在前头的张梅生转过身来说:"前面是死路,怎么办?"

爷爷见三面陡壁森森,后路也被何三金堵死,心想再要冲出去是不可能了。正急得不知所措,只听何三金在外面喊道:"里面的新四军听好了,你们跑不了啦,我们只要把机枪架在这里,你们就是死路一条,赶快投降吧!"

老阳头对我爷爷说:"要我们投降,没那么简单,就算死也要拉个垫背的。班长,干脆把那何三金打死再说。"

我爷爷说:"那就打死他!"

老阳头扬手一扣扳机,这才发现子弹已经打光了。老阳头伸手来找爷爷和张梅生要子弹,可他们的枪里也都没有子弹了,三人急得团团转。

这时,何三金的声音再次响了起来:"哈哈,你们没子弹了吧,快快投降吧!"何三金说完,便带着他的保安队员往里冲。眼见着何三金的保安队就要冲进来,爷爷身边的一扇小门突然打开,没等爷爷反应过来,他们三人就被拉进门去。然后,这扇门又轻轻地关上。爷爷一下子蒙了,不知突然发生了什么事,感觉自己身处一间黑乎乎的屋子里。

站在黑屋子里,爷爷能听到外面何三金的叫骂声:"给老子一家一家地找,不信他们能飞到天上去!"

此时,城外方向也响起了激烈的枪声,城里各处也响起爆炸声。爷爷想,这一定是汪定江和刘志国他们在城外动起手来了,城里的地下党为配合税务员们的行动,也跟着闹了起来,目的是吸引日本人和保安大队的注意力,为税务员撤离争取更多的时间。

城里和城外的枪声以及爆炸声折腾了十几分钟便渐渐地停了下来,街上到处是伪军和保安队的叫骂声,他们开始挨家挨户地搜查。他们折腾了一阵子,什么也没有搜到,然后便骂骂咧咧地离开了。

过了没多久,爷爷他们被人领着钻出了黑屋,来到一间房子里。房子里点着一盏油灯,灯光很暗,油灯旁站着两个警察,爷爷一眼便认出其中一个警察是时卫华。时卫华见爷爷等人都来了,什么话也没说,只是拿出三套警服让爷爷他们赶紧换上。爷爷立即明白时卫华的用意。他们换上警服后,便被时卫华带出了房间。

三人跟着时卫华,穿过警察大队和保安大队的一道道关卡来到北门边,这里是时卫华的警察中队守卫的地方。时卫华让几个可靠的手下负责警戒,他则从暗处唤出同样穿着警服的冯三贵和周义甫。只见周义甫背着一个鼓鼓的布袋。我爷爷猜想,那里面一定是商户们今晚交来的税钱。大家一见面,兴奋得不得了。

时卫华说:"此处不是说话的地方,大家必须马上撤离,敌人一会儿就要搜查到这边来了。"

时卫华边说边将大家带到门楼上一僻静处,然后放下一根绳子,将大家一个个吊了下去。

大家一出城,立即清点了人数,然后朝马湖边上跑去。没跑多远,便看到汪定江朝这边跑来。众人在湖边的芦苇荡里会了面。原来,汪定江听到城里的枪声后,估计所长他们在城里遇上了麻烦,便按照之前的商定,向城门发起攻击。他们打了一阵后,发现城里的枪声停了下来,便开始担心起城里同志们的安危来。他们想进城去探个究竟,却苦于无法进城,于是只好在原地等待消息。

众人会了面,冯三贵让我爷爷清点人数,看到九个人一个不少,冯三贵便带着大家赶紧撤离。天刚亮时,大家便回到了振裕油坊。爷爷他们来到油坊门前,早起挑水的长工见到突然来了一群穿警服的人,吓得跑来叫醒三爷爷。三爷爷慌慌张张地随着长工跑出去迎,直到看到爷爷才松了口气。

这一次进城,爷爷和战友们共收到两万多伪储币和一百多块大洋,以及部分药品。

11

税务员首战告捷,极大地鼓舞了根据地广大军民的斗志。敌占区商人主动向新四军税务所纳税的积极性空前高涨。源源不断的税款被送往根据地,成了根据地财政收入的主要来源,彻底粉碎了日伪军企图将新四军游击队困死在大浩山里的阴谋。

转眼就到了1943年9月。中共江边大工委成立,郑重任书记。大工委对所辖武装力量进行了改编。挺进十八团由大工委直接指挥。彭泽的东、西两面,是根据地的扩展方向,分别建立了游击队,由彭至工委和彭湖工委领导。有的联村办事处,属政治中心或交通要道,亦建立了游击队或自卫队。大工委领导的四个直属军事武装分别是:挺进十八团,团长张海彪,政委郑重,参谋长曾少怀;湖边游击中队,中队长李子杰,指导员叶建华;江南挺进支队,支队长商群,副支队长陶权,政委由商群兼任;彭至游击大队,大队长曾晓春,副大队长吴正国。

随着抗日武装力量的不断壮大,为了不给群众增加额外负担,大工委决定,党政机关和部队通过自身努力来解决服装供应问题。根据地后勤处在团山头朱家坞盖了两间草棚作为被服厂,又从安庆买来四台缝纫机,赶制夏季军服。随着部队的不断胜利,后勤处用从敌人手中夺取的纸币和银圆,从安庆购进五台缝纫机和大批灰细布,在湖西办起了第二被服厂,批量生产冬装。全军和全体行政人员的军衣、军被基本上能实现自给。在开展经济建设的同时,根据中共中央的指示精神,大工委号召全体指战员开展大生产运动,实行生产自救。

不久,大工委决定,用税款再从安庆购买三台缝纫机在浪溪曹家垄办第三被服厂。由于部队当时有作战任务,从马当押运缝纫机的任务,便落在了爷爷的护税班身上。

这一天,爷爷和冯三贵他们从外地收税回到振裕油坊,大家屁股还没落凳,通信员小刘就急匆匆地走了进来。小刘将商群支队长的信交给冯三贵,冯三贵看完,又将信递给爷爷看。商群在信上说,今晚有三台缝纫机从安庆运往彭泽,让护税班明天凌晨两点去青山坝花园里某地接船,然后将缝纫机押送到曹家垄。爷爷看完信,立即与冯三贵商量起来。爷爷认为,这次的任务十分艰巨,花园里离鬼子在黄山脚下的碉堡很近,碉堡里有日军的一个小队,稍有不慎,就会招来敌人的正规军。

自从上次税务员在县城闹了一场后,日本人和汪小非便提高了对新四军税务员的警觉。汪小非指示何三金将主要精力放在对付新四军税务员身上。汪小非说:"你们要主动出击,要深入他们的游击区去,要以动制动。"

明确自己的主要任务后,何三金四处打探新四军税务员的行踪,并让手下装扮成商人深入根据地寻找税务所驻地。然而,爷爷早就有所防备,叮嘱油坊里的人,不要将税务员的情况透露给任何人。

爷爷一家在村里人缘好,村民家里的大事小事,都会请大爷爷或三爷爷做主。后来爷爷参加新四军后,村里人便自发地支持起新四军来。只要村子周围出现可疑的人,他们都会主动来向爷爷报告。

爷爷与冯三贵商量后决定,护送缝纫机的任务由爷爷带着张梅生、老阳头、汪定江、刘志国、汪得财、赵富贵、欧阳生来完成。一开始,冯三贵坚持要与大家一同前去执行这次任务,但犟不过爷爷。爷爷说:"你是税务所所长,你的主要任务是负责收税,部队的衣食住行这样的大事,还得靠你去解决。而我们护税班是战斗部队,不仅护税,还要护送战略物资,支队长将这次护送缝纫机的任务交给我们,就是对我们护税班的信任。所以,我们就算牺牲性命,也必须完成这次护送任务。"

冯三贵说不过爷爷,只得同意他的安排。除了八人去护送缝纫机,其他人继续跟冯三贵去收税。

接着,爷爷将参加这次行动的队员召集在一起,临时开了个短会,会上将支队长下达的任务向大家做了传达。我爷爷说:"一共三台机子,我们两个人负责一台机子,剩下两人监视敌情,谁要是丢了机子或伤了机子,严肃处理。"

大家纷纷拍着胸脯保证,说坚决完成任务,就算丢了性命,也绝不让缝纫机落下一颗螺丝钉。

过了晚上十二点,我爷爷带着大家从油坊出发。虽说镇守在狮子山上的保安队撤走了,大家再也不用担心路上会遇到保安队,但镇守在马当的日本兵和汪小非下属的保安中队,随时会开着车在县城至马当的公路上巡逻。所以,大家还是小心为妙。

为防止在路上遇到敌人的探子,爷爷带着大家走田间小路,短短的十来里路,足足走了两个钟头。半路上,爷爷让张梅生去黄山碉堡附近监视日本人,一旦发现有动静,立即来报告。在凌晨一点钟的时候,爷爷等人来到了指定的地点,在青山坝花园里临江边的某个湾子里埋伏了下来。

此时正是秋汛时期,江面宽阔,水流湍急。过往的船只和日本人的巡逻艇不时地从江中驶过,探照灯从巡逻艇上照过来,照得江岸上如同白昼。每当有探照灯扫来,爷爷他们就赶紧趴在地上,不让灯光照到自己,等到探照灯扫过后再抬起头来。爷爷曾跟奶奶说,只要被日本兵的灯光照到了,他们的子弹就跟着过来了。

接近凌晨两点钟的时候,一条小船隐约沿着江边朝这边驶来。快接近爷爷他们时,船上亮起了三下手电灯光,爷爷举起手电也回应了三下,小船很快就靠了岸。船上下来两个人,一个姓陈,一个姓刘,都是上面派来的缝纫师傅。两人与爷爷接上头后,迅速从船上搬下三台缝纫机。大家短暂地交流了一下后,爷爷带大家扛着缝纫机快速从江边撤离。

大家轮流扛着缝纫机快速地穿过了马路,然后朝老屋扶村走去。爷爷决定从老屋扶村穿过去,从南垄阳家村插到阳榜村,再从菩萨头摆渡去曹家垄。一路上,爷爷让一名队员保护两位师傅走在队伍中间,他断后。

一行人穿过老屋扶村往南垄阳家村方向走去。来到一片空旷地带,汪得财跟爷爷说想休息一会儿。爷爷见大家走累了,觉得休息一下也好,于是便让大家原地坐下休息。刚坐下,汪定江突然叫了起来,说:"班长,身后有人追过来了!"

爷爷一下子跳了起来,转身朝身后一看,只见不远处果然有一群人朝这边追来。没等爷爷开口,对方便向他们喊话:"站住,我们是县保安大队巡逻队的,你们站在原地不动,接受我们的检查!"

爷爷当即拔出枪让大家做好战斗准备。爷爷让汪得财、刘志国、欧阳生扛着缝纫机与两位师傅先走,自己和老阳头、汪定江、赵富贵四人断后,就算豁出自己的生命,也决不能让缝纫机和两位师傅落入保安队的手里。爷爷料定,从对方喊话的情况来看,他们还没搞清自己的底细,于是决定先发制人,打他们一个措手不及。爷爷对其他三人说:"只要我喊打,你们就一齐开火,并将手榴弹扔出去,先把他们打蒙再说。"

四人快速闪开,并占据了有利地形。

眼见着巡逻队追了上来,我爷爷喊了一声:"打!"

四人举枪同时朝敌人射去。顿时,枪声大作,巡逻队一下子被撂倒了两人。对方不敢站起身子,趴在地上与爷爷他们对射起来。尽管爷爷他们打得很顽强,但毕竟武器和人数上都不占优势,火力很快被对方压制了下去,对方边攻边朝护税班的阵地冲来。爷爷让老阳头三人先撤,自己留下来。可是,没等爷爷说完,赵富贵就拎着两颗手榴弹冲了上去。当他扔出手榴弹的同时,敌人的子弹也击中了他的胸膛。手榴弹在敌人面前开花,赵富贵也同时倒下。

爷爷大喊了一声:"富贵!"

我爷爷想冲上去救赵富贵,却被老阳头一把拉住。就在这时,对方的身后传来一阵枪声和手榴弹的爆炸声。爷爷料定,一定是张梅生赶来支援了。他喊了一声:"打!"

大家将手中的手榴弹同时扔向敌人。巡逻队被前后夹击彻底打蒙了。他们摸不清新四军的虚实,更不敢恋战,只得扔下几具尸体,仓皇逃命。

战斗结束后,大家捡了几条枪,并背上赵富贵的尸体快速去追赶汪得财和刘志国他们。

一路上,张梅生告诉大家,他受班长的指示,一直在黄山脚下监视碉堡里日军的动向。眼看规定的时间过去了,仍没发现碉堡里有什么动静,于是,他便往花园里赶。等赶到事先说好的地方一看,才发现护税班已经撤离了,便沿着事先说好的路线在后面追。没想到刚一过马路,就听到前方传来一阵激烈的枪声和爆炸声。他想,一定是班长他们与敌人交上火了。

一行人来到菩萨头渡口,这里早已有游击队员摆着小船在这里等候。大家小心翼翼地将赵富贵的尸体抬上船。爷爷问汪得财他们到了没有,游击队员告诉爷爷,说汪得财他们已经护送两位师傅和缝纫机过了太泊湖,这会儿已经行进在前往曹家垄的路上。

爷爷的护税班这次胜利完成护送缝纫机和两位师傅到根据地的任务,得到了部队的通报表扬。郑重政委和商群支队长亲自为赵富贵举行了葬礼,并为赵富贵的家人颁发了烈士证书。

葬礼上,爷爷和冯三贵带着税务所的全体人员为赵富贵抬棺。他们一致认为,赵富贵是为了掩护护税班的同志撤离而牺牲的,护税班的人要永远记住赵富贵的恩。

护税班这一次与保安队遭遇,让商群不由得将最近几次发生的游击队员与敌人遭遇的事情联想到一起。他觉得,这绝对不是偶然事件,一定是我们的内部出了问题。只有搞清其中的原因,才能让我们的同志少一些危险。于是,商群与郑重一商量,决定派交通员去县城摸清情况。通过时卫华等地下党的努力,叛徒果然露出了马脚。

12

原来,在商群的游击队里,有一个叫李贺喜的人。此人是东边李家人,因写得一手好字,经常被请到县城去给人家写字,然后就认识了在彭泽县城闹革命的李庚庆,并在李庚庆的引导下参加了革命,在李庚庆手下当上了文书。

　　既然说到了李庚庆，那就介绍一下李庚庆这个人。李庚庆是彭泽浪溪人。大革命时期，入南昌黎明中学读书，在校期间加入中国共产党。毕业后回乡，在彭泽从事革命活动。1927 年，赴湖北黄梅参加赤卫队。1931 年秋，回彭泽组建浩山游击队。1933 年，被国民党彭泽县政府以"赤匪"罪名逮捕关押，后因证据不足被释放。出狱后任中共彭泽县委军事部部长，率游击队转战于大浩山之间，令县保安团闻风丧胆。1934 年 6 月，任中共彭泽中心县委军事部部长兼游击大队大队长，领导赣北、皖西南七县的武装斗争。1935 年 5 月，李庚庆率部在发洪岭袭击安徽省保安团，后被敌军包围，在率部突围时身中数弹，壮烈牺牲。

　　李庚庆的牺牲，让李贺喜丧失了斗争的信心，觉得跟着共产党闹革命没有希望。后来，他以要照顾年迈的母亲为由脱离了游击队。1938 年 6 月间，日军进攻彭泽，李贺喜的老婆、孩子及老娘，均死于日军飞机的轰炸之中，只有李贺喜一人幸免于难。李贺喜从此恨死了日本人，发誓要找日本人报仇。于是，他加入了商群的抗日队伍，跟着商群在长江两岸打鬼子。

　　不久前的一天，李贺喜独自给一家人上坟，不料回来的路上，被县保安大队的便衣队给盯上了。便衣们对李贺喜威吓了一番后，将李贺喜带来见汪小非。当天中午，汪小非摆上酒菜，亲自款待李贺喜。

　　席间，汪小非给李贺喜夹了一块肉说："不是我汪小非说你，你说你一个能识字的人，走到哪里不能吃香的喝辣的，何苦要跟着商老四他们钻山沟打游击？再说，日本人那么强大，人家说灭你就灭你。你说,是你们这群人能打得倒的吗?"

见李贺喜不吭声,汪小非接着说:"自抗日战争全面爆发以来,国民党在正面战场节节败退,根本奈何不了日本人。就凭商老四那几条破枪,也想在长江掀起风浪?"

李贺喜说:"我跟日本人有不共戴天之仇,他们炸死了我妻儿老小,害得我现在家都没了。除了报仇,我没有其他想法。"

汪小非又给李贺喜夹了一块肉,说:"我说你呀,真是个书呆子,认死理。家没了可以重新组呀,人没了你还报个什么仇呢?你说是命要紧还是报仇要紧?"

汪小非停顿了一会儿又说:"我汪小非难道就想当汉奸吗?留得青山在,不怕没柴烧。只要国和家不亡,报仇和复国的事可以慢慢来。人生苦短,报仇的路千万条,难道非要跟着商群打游击才算报仇?等你强大了,一样可以报仇。"

听汪小非这么一说,李贺喜一下子愣住了,他突然觉得汪小非说的话在理。自己曾亲眼看到那么多的新四军和游击队员在身边倒下,他们死了,他们的家人得多痛苦呀!如果自己也死了,李家就绝后了,就算报了仇又有什么意义呢?他觉得自己活得实在太苦了。想到这里,李贺喜端起桌上的酒杯一饮而尽。

两人一阵推杯换盏之后,一个漂亮的姑娘从后堂走了出来。姑娘端着酒杯来到李贺喜跟前,举起酒杯说:"李先生,我来敬您一杯。"

不待李贺喜开口,这位姑娘举起酒杯便干了杯中酒。此时的李贺喜,早已醉眼蒙眬。他直勾勾地盯着眼前的这位姑娘,姑娘也满眼柔情地望着李贺喜。

见此情景，汪小非赶忙上前打圆场："只要贺喜老弟愿意，小红姑娘愿意当你后妻，为李家传宗接代。"

李贺喜一听，甚喜。他当着汪小非的面，一把将小红姑娘搂进怀中。

自从与小红姑娘有了第一次之后，李贺喜觉得他的生活应该从头再来。于是，他时不时找各种借口向商群请假来县城与小红厮混。沉浸于温柔乡中的李贺喜从此对汪小非言听计从，一连几次将游击队的行动报告给了汪小非，给游击队造成了不小的损失。

这一天，李贺喜无意中探听到一条消息：新四军在安庆购得一批缝纫机，将于近日由安庆运往彭泽，然后再过太泊湖送到曹家垄被服厂。于是，他火速将这条消息报告给了汪小非。由于没打听出具体的时间和行动路线，汪小非只得暗中派出多路便衣队，沿着长江岸线巡逻。没想到在这天晚上，便衣队居然真的与爷爷的护税班遭遇上了。

一连几天，李贺喜闹肚子，一晚上要上几次茅房。这天清早，李贺喜提着裤子急急忙忙往茅房跑，刚到茅房边就听到李小毛和赵家河两个队员在里面说话。李贺喜憋住没吭声，想听听他们两人在说什么。

只听李小毛说："哎，你知道吗？听说上面对这几次与敌人遭遇的事起了疑心，正派人调查呢！"

赵家河说："是得查查，哪有这么巧的事，怎么我们一行动，就会遇到鬼子和保安队呢？队伍里肯定有内奸。"

李小毛说："这件事必须得尽快查出来。"

赵家河说："不能让我们的人白死，等查出那个奸细，一定要活剥他的皮。"

李贺喜站在外面静静地听着，不由得吓出一身冷汗，以至于赵家河和李小毛提着裤子从茅房出来，他竟浑然不知。只听赵家河对李贺喜说："老李，提着裤子在等好时辰呀，还不赶快进去？"

李贺喜尴尬地说："哦哦，你俩厕完了？"

李贺喜朝两人讪讪一笑，然后钻进了茅房。

从茅房回营房的路上，李贺喜一直在心里盘算着。他越想越害怕，觉得身边有无数双眼睛在盯着自己。正如赵家河说的那样，如果被游击队查出自己是奸细，自己这身皮怕是真要被活剥。想到自己本与日本人有不共戴天的仇，现在却为了一个女人与日本人和汪小非走到了一起，这是多么不值得呀！可是，自己已经走到了这一步，再想回头已是不可能了，何况现在已经给游击队造成了这么大的损失，只能一条路走到黑了。

想到这里，李贺喜决定尽快想办法离开大树陈，目前能保护自己的也只有汪小非。刚好，这一天游击队要派一批宣传员去柳墅搞宣传，李贺喜便抓住了这个机会。在前往柳墅的路上，李贺喜跟随行的几个宣传员说，这几天自己的肠胃总是不舒服，到了柳墅，自己要去找郎中看病。大家也没有怀疑。李贺喜就这样在众人的眼皮底下溜走了。

来到县城，李贺喜径直奔向县保安大队大队长汪小非的家里。当时,汪小非刚刚起床,正对着镜子刮胡子。见到汪小非,李贺喜叫了一声"大队长",然后扑通一声便给汪小非跪下,把汪小非吓了一跳。汪小非扔下手里的刮胡刀,要来扶李贺喜。李贺喜却没让汪小非扶,他跪在地上哭道:"大队长,你得救我呀!"

汪小非说:"有什么话你起来说。男儿膝下有黄金,只能跪天跪地跪父母。你这样跪着,我受不起。快起来。"

"大队长,你先答应我,我再起来。"李贺喜说。

"行行,我答应你,只要我能做到的,你提什么要求我都答应。"汪小非说。

李贺喜这才站起身来。

汪小非匆忙将胡须刮完,两人来到客厅,李贺喜将事情的经过向汪小非哭诉了一遍,说商群正派人四下调查,如果调查出来,他的小命将不保。听了李贺喜的话,汪小非沉思了一会儿。他知道商群这人神通广大,眼线众多,凭他的本事,李贺喜的事很快就会被调查出来。

汪小非安慰李贺喜,劝他不要担心。汪小非说:"这段时间你就在城里待着,哪里都不要去。只要待在我的保安大队里,就没人动得了你。"

李贺喜一听,一颗悬着的心总算放了下来,心想,汪小非也算讲义气,没有过河拆桥。这让他更加铁了心地为汪小非卖命,将自己知道的所有情况,都告诉了汪小非。汪小非派何三金负责保护李贺喜的安全,说李贺喜要是出了任何差错,便拿何三金问罪,吓得何三金每天派几名手下护着李贺喜。李贺喜顿时觉得自己的身价高了不少。

李贺喜的叛逃，大大地出乎商群和郑重的意料。为了不让这件事在部队里造成影响，有关李贺喜的情况，商群和郑重对外只字不提，仿佛根本就没发生过什么事情一样。然后，两人私下里商量，决定派出一支除奸队寻找李贺喜的下落。只有尽快将内奸正法，部队才会多一分安全。经过认真商量，这个除奸的任务落在了洪明远的身上。

这一天，洪明远来到蒋家边振裕油坊，想找爷爷跟他一起去执行这项任务。那段时间，爷爷整天跟着冯三贵一起外出收税，一连多天没回到驻地。洪明远在油坊等了一天没等到，便独自前往县城打探李贺喜的行踪。他想等摸清李贺喜的住处，然后再想法将他除掉。

洪明远告别三爷爷，独自去县城。过了硖石口，走了一程就到老屋洪村。老屋洪村是洪明远的家乡，他本想进村去家里看看。自从跟着商群出来闹革命，家虽近在咫尺，却很少回去。来到村庄边上，洪明远遇上同村的洪五喜，洪五喜告诉洪明远，说昨天有一个生人向三叔打听，问最近有没有根据地的人来附近收税。那人说他是一个生意人，想将税交给根据地政府。三叔很警觉，心想，你一个生意人，难道不知道根据地在哪里？就算要向根据地政府交税，也用不着这样大张旗鼓，四处宣扬。三叔就说自己从来没见过有什么人来这里收税。然后那个人又问了一些别的事，好像在打听什么人的家是不是住在这附近。三叔一问三不知。那人就往别的村庄去了。

老屋洪村离辰字号和朱家坞很近，是商群游击队的主要活动区域。自从商群在这一带闹革命后，这一带群众的警惕性都特别高，很少有人能在这里打听出什么人的消息。大家都知道，这个问话或问路的生人,很可能就是敌人的探子。一旦稍有不慎,就会给村里人招来杀身之祸。

洪明远联想到前几天在另一个村庄也听到群众反映类似的事,估计这个陌生人很可能就是日本人或汪小非派来的探子。日本人想要困死根据地的新四军,必然会对根据地进行经济封锁。如此一来,税务员就成了敌人的眼中钉肉中刺。洪明远觉得这个情报十分重要,必须尽快报告给支队长商群。

想到这里,洪明远连家也顾不上回,转身就往游击队驻地奔去。来到大树陈,洪明远将自己在村里遇到的情况向商群做了汇报。商群觉得事体重大,立即带着洪明远来见郑重书记。大家一议论,觉得洪明远分析得对。日本人和伪政府要对根据地实行封锁,首先会从经济和税收上做文章,那个要向根据地交税的生意人,很可能就是汪小非派出的探子。大家认为,要做好队伍内部的保密工作,必要时除掉死心踏地为日本人卖命的汪小非。

13

这一天,洪明远进城找到了时卫华,时卫华将城里的情况向洪明远做了详细介绍。上个月,郑重率领所部及民兵武装近千人攻打至德县城的那一仗,让日本人和南京伪国民政府一下子记住了他。那一仗全歼了城内守军,缴获了大量的武器和粮食,极大地鼓舞了根据地军民的抗日斗志。郑重及彭泽境内的新四军游击队,顿时成了日本人和伪政府的眼中钉肉中刺,恨不得立刻将他们除掉。

这个月,日军头目坂田来彭泽慰问属下。坂田一到彭泽县城,立即命令手下将各驻点的鬼子小头目和伪军头目以及警察队长、保安队长、乡长、保长统统召集到他下榻的地点开会。会上,坂田对各方的不力大声训斥了一通,然后拿出一沓新四军的税票砸在桌子上,让与会人员认真看。坂田气急败坏,命令警察大队和保安大队,在近期要将那些向新四军交税的商人统统抓起来,要逐个审查这些商人与新四军的关系。坂田认为,只要切断新四军的税收来源,就能将新四军困死在大浩山里。

也正是迫于坂田和伪政府的压力,汪小非命令何三金四处搜集新四军及其税务人员的线索。凡是给新四军交过税的商人,都被何三金抓去审问,只要有一点线索,他们就不放过。而李贺喜的出现,让汪小非像得到了一块宝。目前,何三金就像一条狗一样四处嗅着税务员的味道。

洪明远向时卫华介绍了李贺喜这个人的所作所为,说自己这次进城的主要目的,就是查找李贺喜的下落。洪明远问时卫华有没有见过李贺喜这个人。时卫华说没见过,他认为李贺喜一定被汪小非保护起来了。时卫华还告诉洪明远,自从至德县城被新四军攻陷后,彭泽县城内的风声一直很紧,若不是万分紧急的任务,尽量不要在城里露面,何况李贺喜还认识洪明远。

洪明远让时卫华放心,说自己一定会小心。洪明远见时候不早了,便起身告辞。时卫华一再叮嘱洪明远,等自己搞清了李贺喜的下落,一定会想办法除掉这个狗汉奸。

从县城回大树陈,洪明远又顺道去了蒋家边振裕油坊,他希望将近期发生的一些事,亲口告诉冯三贵和爷爷。这会儿爷爷和冯三贵刚从外地收税回到驻地。大家见了面,洪明远将这次进城的任务告诉爷爷和冯三贵,叮嘱他们,以后收税时要多长一个心眼,千万别上了敌人的当。鬼子和伪军为对付新四军,什么阴招都使得出来。爷爷听完洪明远的话,立即恍然大悟,这才明白昨天晚上是怎么一回事。接着,爷爷将昨晚在大山张差点与保安队遭遇一事,向洪明远讲述了一遍。

昨天下午,我爷爷带着周义甫、张梅生、老阳头去西山李一带收税,收完税便往回赶。出了村没走多远,一位自称做棉花生意的商人便追了上来。此人说他姓谌,是花屋谌家人,刚从西山李路过,看到爷爷他们在向商人征税。爷爷他们走后,他便向交税的商人打听,才知刚才征税的是新四军的税务员。此人说日本人炸死了他的家人,他现在非常痛恨日本人,希望向新四军交税,支持新四军多打日本人。说到悲伤处,这人边说边擦眼泪。

爷爷一听,十分高兴,一个劲地夸他觉悟高、有民族情怀,说新四军欢迎你们这样的商人到根据地做生意。爷爷还兴奋地向谌姓商人宣传起根据地的税收政策。谌姓商人在身上找了一阵子,没找出多少钱来,就让爷爷他们在附近等一下,说因为怕在路上遇上土匪,所以身上带的钱不够多,他现在就去县城的钱庄取钱,取了钱就来缴税。

我爷爷他们没经历过这种事,再加上这位谌姓商人说得有鼻子有眼,于是放松了警惕,没将事情往坏处想。大家与谌姓商人一商量,决定在大山张等他送钱来交税。

我爷爷决定晚上边到张梅生家吃饭,边等谌姓商人来缴税。大家表示没有异议。到了张梅生的家里,大家像到了家一样,一下子就放松下来。爷爷一边帮他堂姑烧火做饭,一边陪堂姑说话,夸表弟工作认真、杀敌勇敢,说同志们都很喜欢他,直说得堂姑嘴上乐呵呵地笑,心里暖洋洋的。张梅生则四处找零食招待大家。

吃过晚饭,大家在张梅生家里又等了近一个时辰,依然没见谌姓商人前来缴税,老阳头便生了疑心。老阳头将爷爷拉到一旁说:"班长,你看这事会不会有诈?大山张到县城也就这么长的路,我们等了两个多时辰,按理说早就该到了。"

听老阳头这么一说,爷爷一下子清醒过来。再说,那家伙说身上没带多少钱是担心遇上土匪,他现在回去取钱来缴税,难道就不担心遇上土匪吗?爷爷不由得想到前阵子护送缝纫机那件事,那次正是因为有人向保安队透露了消息,汪小非才让保安队在路上四处巡查。如果真的如老阳头担心的那样,姓谌的这家伙说是回去取钱,实则是给敌人送信,如果真的遇上敌人的大部队,岂不是要吃大亏?

想到这里,爷爷不由得警觉起来。他叫大家赶快收拾好东西,立即离开大山张。

四人出了张梅生家的门,爷爷带领大家往村外走,叫其他三人与他保持一定的距离。爷爷说:"万一遇到情况,你们带上税票和税款赶紧撤,我来引开敌人,千万别让税票和税款落入敌人手里。"

老阳头、张梅生、周义甫三人,依照爷爷说的与爷爷保持着一段距离,四人悄悄地朝村外走去。

果然不出老阳头所料,爷爷刚出村口,就见前面不远处,一伙人端着枪朝村子里奔来。爷爷蹲在暗处大致数了一下,对方不下二十人。借着月光,爷爷认出领路的正是那个谌姓商人。爷爷气得火冒三丈,恨不得抬枪将那个谌姓商人干掉。但一想他们人多势众,自己还有任务在身,只得忍下心里的怒火。

爷爷快速回到三人身边,告诉他们,敌人正朝村子里奔来了。四人转身快速钻进旁边的山林,然后翻过大山,从另一处去蒋家边振裕油坊。

这一次的经历,让大家又多了一些经验。爷爷说想想都会后怕,怪自己太没经验,轻易相信别人。如果不是老阳头提醒得及时,后果将不堪设想。为安慰大家紧张的心情,老阳头带头哼起了税务员们自己编的《征税歌》,大家一齐轻声唱了起来。

> 家可抛,
>
> 妻可别,
>
> 征税一日不能歇。
>
> 为了新四军打胜仗,哎嗨哟,
>
> 刀山火海也敢闯!
>
>
> 头可断,
>
> 血可流,
>
> 征税一刻不停留。

为了赶走小日本,哎嗨哟,

刀山火海也敢闯!

…………

爷爷将昨天的事向洪明远叙述了一遍,之后,冯三贵也将近期的工作向洪明远做了介绍。针对李贺喜叛逃这件事,爷爷和冯三贵认为,李贺喜近期不会在公共场合露面,只有等他放松了警惕,再找时机将他除掉。洪明远觉得爷爷他们说得有理,决定把除掉李贺喜的事往后拖一拖,但决不能放弃。于是,他回大树陈去了。

油坊离蒋家边村庄也就一里多路,爷爷每天却与税务员一起睡在油坊里。此时,月亮已经升上了天空,星星在天空中闪烁。看着身边和衣躺在草铺上熟睡的战友,听着战友们甜甜的鼾声,望着外面淡淡的月光,想到今晚发生的事,爷爷的心久久无法平静。自从参加新四军,这个家自己再也顾不上了。家族上的事由三哥操心着,小家的事由银娥担着。偶尔想回家帮帮忙,总是临时被游击队叫走。有一次,爷爷对三爷爷说他想回家帮忙打理生意,三爷爷却说:"你打日本鬼子,就是帮这个家最大的忙。等打跑了鬼子,你再回来,再来为这个家多操操心。"

想到早逝的二哥,想到被土匪杀害的大哥,想到为了抗日病逝的侄子,想到整日为家族的事忙碌的三哥,爷爷心里十分难过,他觉得自己为这个家付出太少了。

话说这年冬月某日,三爷爷和油坊的伙计田得宝从县城送油回蒋家边的路上,当牛车行至分水岭脚下,只见一个乞丐模样的人从另一侧朝牛车跑来,嘴里一路叫喊着"停车"。当跑到牛车边上,他纵身便要往牛车上跳,可尝试了几次都失败了。三爷爷立马喊田得宝停车。

三爷爷说:"哎,得宝,停车,停车!"

田得宝立即喊停了牛车。见三爷爷停下了牛车,那人捂住胸口喊道:"先生救救我,在下若逃过此难,将来必报答先生救命之恩。"

三爷爷生来极具同情心,哪能做出见死不救之事?见有人向自己求救,他想都没想,便和田得宝一起跳下车。三爷爷扶着那人一看,才发现那人后背中了枪,血从他的棉袄洞里流了出来。三爷爷惊道:"怎么,你是拿枪的?"

那人来不及多想,直接道:"不瞒先生,我是新四军通信员,有任务在身,眼下保安队正在追杀我!"

三爷爷一听,叫田得宝赶紧过来搭把手,两人使劲将那人架上了牛车。三爷爷见牛车上没地方躲藏,就叫田得宝拿木棍将香油桶盖撬开,将那人藏到菜油桶里,然后又将油桶盖钉上。为了不使伤者闷死,三爷爷让田得宝将底下的放油口打开。

牛车在土路上嘎吱嘎吱地慢慢前行,当爬过分水岭快到前屋刘村时,只见何三金带着一群便衣踩着脚踏车追了上来。他们朝前追了一段路又掉头拦住了三爷爷的牛车。何三金用枪口对着牛车上的三爷爷问:"哎,看到一个要饭的没?"

三爷爷装没听懂,故意果呆地望着何三金没吭声。何三金的一个手下不耐烦地说:"聋子呀?问你话呢,看到一个要饭的没?"

三爷爷仿佛才反应过来,赶紧说:"哦,哦,老总问要饭的呀?没看到,没看到!"接着,三爷爷又假意问赶车的田得宝:"你看到了吗?他们找一个要饭的。"

田得宝使劲地摇着头说:"没,没看到呢,老爷!"

三爷爷对何三金说:"是呀,都没看到呢,老总!"

何三金四下里望了望,又看了一眼三爷爷,然后骑着车带着他的手下往回找。三爷爷知道,何三金他们不敢再往前去,再往前就是商群的老家。其实,眼前这些便衣,都是一群欺软怕硬的家伙,他们见到老百姓就吹胡子瞪眼,见到游击队就像老鼠见到猫躲着走。

三爷爷回到振裕油坊已是晚饭过后,家人早在外面等候。见三爷爷的牛车回来,大家都围了过来。三爷爷来不及与大家打招呼,而是让伙计田七、田得宝将油桶里的那位新四军伤员从牛车上抬到油坊里。三爷爷让田得宝去找来一床旧棉絮,让伤员在棉絮上躺下,然后派人赶紧去找郎中,并让人去叫爷爷和冯三贵过来。这时,爷爷和冯三贵他们早已听到前堂的叫喊声,纷纷围了过来。

冯三贵拨开人群,走近一看,一下子呆住了。他"哇"的一声惊叫起来:"老刘?这不是老刘吗?你怎么成了这个样子?"

这时,躺在地上的老刘微微地睁开了眼睛。他望着眼前的冯三贵和面前站着的一群人,深陷眼窝的眼珠滚动了几下,嘴唇微微地翕动着,想说什么却说不出声。冯三贵安慰老刘,让他不要着急,有话慢慢说。老刘伸手摸着胸口,什么话也没说,然后大口大口地呼吸起来。紧接着,一口血从胸腔里喷了出来。不一会儿,老刘便闭上了眼睛。

14

望着眼前发生的一切,冯三贵愣住了,一时不知道怎么处理。爷爷将老刘的遗体翻过去察看,才发现老刘的后背被子弹穿了两个大洞。爷爷问冯三贵:"老刘的身上是不是有什么东西?他断气的时候,不停地摸胸口。"

冯三贵这才猛然想起老刘断气前的动作,然后伸手去老刘的胸口摸索,没想到还真从老刘的胸口摸出了一封信。冯三贵拆开一看,才发现信是宿松新四军税务所写来的。信上说,眼下有一批做棉花生意的商人,要从江北运一批棉花到鄱阳石门街去,会经过太平关和庙前街交界的七里红以及杨梓的红旗界。因这两地乃土匪猖獗之地,所以务必请彭泽新四军或税务所派人护送。信上说,务必在初十早上三点之前赶到太字渡口接应,并护送出红旗界。信的右上角有共产党地下组织的联络暗号。显然,老刘在送信途中与何三金的保安队遭遇,在身负重伤的情况下,仍坚持往游击区送信,幸好被三爷爷救了下来。

事后,冯三贵私下告诉爷爷,老刘是城里的地下党,是多次与他接头的同志。

看完信后,冯三贵意识到这项工作责任重大,其意义远大于护送商人和棉花本身。这次如果能成功将江北的商人送出红旗界,对我们党在这种特殊历史背景下的税收工作,将起到特殊的宣传作用。明天就是初十,冯三贵掏出怀表看了下,此时已是晚上八点多钟,若按信上说的时间,离与江北商人接头的时间不足七个小时,而我们却没有一点准备。

冯三贵来不及多想,决定带领税务所全体人员立即赶赴太字渡口接应,然后全力护送商人出境。

爷爷安慰冯三贵说:"这件事不能急,得好好议一议,离接头的时间还有七个小时,时间上我们来得及。只是,我们走后,老刘的遗体谁来照看?还有,万一真的在路上遇到土匪或敌人的巡逻队怎么办?凭我们的税务员和护税班这些人,能不能对付得了那些土匪或巡逻队?万一我们对付不了怎么办?我们牺牲事小,保护商人过境责任重大,这是上面交给我们的任务,我们必须完成。所有这些,我们都要想在前头。"

冯三贵一听,觉得爷爷说得有道理,连说自己还是急躁了一些,没有考虑周全,然后坐下来与大家一起商量。

爷爷说:"信上说有四十多担棉花,按一人一担来算,来人就得有四十多个挑夫,还有几个老板。我们就十来个人,要保护这么大的一支商队,责任重大呀!我建议将老刘交给我三哥,我们的心思只能顾一头。刘志国的腿长,跑得快,让他现在就动身去芦丰口送信,请求驻扎在芦丰口的部队前往庙前街和七里红一带接应我们。"

冯三贵一拍大腿说:"这个主意好!这样,我们第一阶段的任务,就是确保将商队平安护送过七里红。等过了七里红,我们再与部队上商量,让他们与我们一起护送。国强呀,没想到你还真有两把刷子,是块带兵打仗的料!"

爷爷笑着说："这些都是跟我侄子希明学的。他要是没死,将来至少是个团长,可惜天妒英才呀!"

爷爷说完,让刘志国立即起身去芦丰口送信。爷爷来到三爷爷房间,将他的计划说给三爷爷听。三爷爷叫爷爷放心去完成任务,老刘的后事他来安排。从三爷爷那里出来,爷爷与大家开始检查起装备来。这时,三爷爷让人给大家送来了一些干粮。

一切准备妥当后,爷爷和冯三贵便带着税务所全体人员往太字渡方向赶去。爷爷和张梅生在前头带路,冯三贵和汪定江断后。一行人经大山张,翻十步岭,过闵家桥,然后朝县城边上摸去。

此时,天起了淡淡的雾,城墙上的灯光时隐时现。张梅生问爷爷,是不是从城墙边上穿过去,然后经过张家港往太字渡口去。爷爷认为,江边虽然好走一些,但目标太大,容易暴露,又没有战略纵深,一旦被敌人发现,便无路可逃。爷爷掏出怀表看了一下,此时已是十二点,离目的地还有一段路程。爷爷想了一会儿,决定从城外的茅湾冲穿过去。茅湾冲里有一条公路,是彭泽连接湖口的交通要道,这条公路始建于1935年,1937年完工。鬼子在公路两边的山上都修了岗楼。这条路虽然危险,但比起江边那条路来说,有一点战略纵深。一旦被岗楼上的敌人发现,可以往山林里钻。爷爷低声告诉大家,一定要沉住气,千万别发出声响,要随时做好战斗准备。

一进茅湾冲,大家的心里还是很紧张,一个个大气不敢出一口,生怕被岗楼上的鬼子和伪军听见。爷爷握枪的手都出了汗。大约半个钟头后,终于穿过茅湾冲,大家才长长地吁了一口气。

穿过茅湾冲，就进入湖区。眼下正是枯水季节，江水都退了下去，一望无际的湖滩上长满了芦苇。遇上兵荒马乱的年月，芦苇丛就成了土匪杀人越货的地方。不知有多少过江的商人命丧芦苇丛，就连鬼子和伪军都不敢轻易往芦苇丛里钻。

进了芦苇丛，张梅生带着大家抄江边近路拼命往太字渡口跑。张梅生有一位堂姑嫁到了太字渡这边，小时候跟着表哥表弟们经常在这芦苇丛里玩，对这一带的地形很熟悉。张梅生跑得飞快，没留意脚下，不小心被绊倒了。他爬起来狠狠地踢了一脚绊倒他的东西，定睛一看，才发现是个死人。张梅生吓得往回跑。等大家赶上来，张梅生告诉大家，前面躺着一个死人。

老阳头蹲下身在那具尸体边察看，但因为天黑看不出什么名堂。于是，他便伸手在那人脖颈处摸摸，发现有被绳子勒出的痕迹，于是料定是被土匪干掉的。老阳头站起身来，拍拍双手，然后摸着张梅生的头笑眯眯地说："吓尿裤子了吧?"

"去去去，刚摸死人的手，又来摸我的头。"张梅生说完，一溜烟便跑出老远，弄得大家笑成一团。

我爷爷见时间不早了，便催促大家赶快前行。

赶到太字渡口后，冯三贵带着我爷爷看了一下周边的环境，然后叫大家注意警戒，并派老阳头和汪得财去前头探路，发现情况立即回来报告。老阳头家住庙前，对太平关和七里红一带的情况比较熟。大家接了任务后分头行动。过了半个钟头，只见江面上隐隐出现几条小船快速地朝渡口这边划来。我爷爷知道,定是江北的棉花商人过来了,于是让大家做好接船的准备。

不一会儿,一条小船先行靠了岸,其他几条船在离岸几十米的地方停了下来。一位年轻人上岸与冯三贵对上了暗号。他告诉冯三贵,自己姓石,是宿松新四军的税务员。两人亮明身份后,小石朝江中做了一个手势,几条小船便快速地划向渡口靠了岸。

众人下了船后,我爷爷数了数,除了三个棉花商人,一共是四十五担棉花和四十五个挑夫。

小石将商人和这次的目的向冯三贵和爷爷做了介绍,冯三贵又将自己这边的准备情况也向小石做了介绍。小石代表宿松税务所向彭泽税务所的同行表示了谢意,并预祝顺利,然后坐船返回。

一切准备就绪,爷爷让张梅生再次清点了一下总人数和棉花数量,然后请冯三贵下命令。冯三贵做了一番动员讲话后命令启程。于是,四十多个挑夫挑起棉花,在税务员和护税员的保护下,浩浩荡荡地朝七里红方向走去。

一路上,护税员们争着要接过挑夫们肩上的担子,这让挑夫们很是感激。商人们更是纷纷表示,他们走南闯北这么多年,只有共产党的队伍会如此体恤老百姓,今后会积极向新四军纳税支援抗战。

下午一点多钟的时候,队伍绕过望夫山赶到了石涧桥附近的一个村子。大家又渴又饿,冯三贵与爷爷一商量,决定原地休息。大家歇下来后,爷爷决定带着老阳头去附近村里摸摸情况,顺便看能不能弄点热水喝。

进了村子,爷爷他们遇到一个老头。老头见村里来了两个陌生人,扭头就慌慌张张地往回跑,一会儿就不见了。两人又往前走了一会儿,又碰上两个妇女。两个妇女看见生人也要溜,老阳头急了,喊了声:"大婶,别走,我有话要问。"

两个妇女装作没听见,转身跑得更快,一会儿就没影了。

爷爷他们好不容易碰到一个小伙子,小伙子居然跟老阳头是熟人。小伙子十七八岁,是老阳头隔壁人家张大山的表外甥。因长得黑,张大山叫他小黑子。三人站着说了一会儿话,小黑子突然问老阳头:"叔,我听表舅说,你跟商老四一起打日本人去了,怎么跑到这里来了?"

老阳头说:"我们有任务路过这里,想进村讨碗水喝。"

小黑子接着说:"你要真是打日本人的新四军,那就好好治治这里的土匪,村里人都被他们害苦了。"

爷爷赶忙接过话说:"那你告诉我,到底怎么回事?"

小黑子见四下无人,这才将实情说了出来。

原来,这阵子七里红的土匪夏天林闹得挺凶,从黄梅和江北过来的商人不知有多少人被他们绑了票。他们将"肉票"押到乌龙山去,然后通知商人的家人拿钱去赎。要是没在规定的时间拿到钱,他们就撕票。有好几个商人被撕了票,吓得过往的商人和富户都不敢往前去。太阳还在山顶,他们就在附近的村子找地方住下,然后等人多了,再成群结队地往里走,遇上事也有个人往家里送信。

今天一早,山上下来一个主事的,这人是夏天林手下的二当家,叫刘茶生,因说话结结巴巴,有人叫他刘结巴,也有人私下叫他刘差生。这个刘茶生带着两个喽啰,挨家挨户地警告,谁要是留路人在村里过夜,那就是与夏当家的作对,就是与乌龙山的弟兄们为敌,就是砸弟兄们的饭碗。谁要是砸弟兄们的饭碗,弟兄们就让谁家断子绝孙,就让他一家人去睡芭茅苑。所以,村里人一见到我爷爷和老阳头,就以为是来住宿的商人,吓得掉头回避。

小黑子说:"村里人现在是商人不敢留,土匪惹不起。"

老阳头说:"那你说我俩惹得起不?"

小黑子说:"你俩不一样,你们是为穷苦百姓做主的新四军。"

小黑子说完,不好意思地摸着头问老阳头吃午饭了没有。老阳头说没吃呢,就是想来村里讨碗热水喝,然后吃点干粮赶路。小黑子一听,忙拉着老阳头和爷爷去家里。

15

小黑子家里很贫寒,一个瞎眼老娘与他相依为命,半边屋子是用木棍支着的。小黑子告诉爷爷和老阳头,说家里以前不是这个样子,这是用来堆杂物的偏屋,正屋被日本人烧掉了。日本人来之前,小黑子爹做点小生意,从太平关贩一些米糖和太平河的石鱼去街上卖,日子过得挺红火。日本人来之后,两颗炸弹不仅炸死了他爹和他哥哥,还把一间房子炸为平地。小黑子娘为此哭瞎了双眼。小黑子本打算用爹留下来的钱重新把房子建起来,没想到夏天林带着一伙弟兄来了,把爹留下的钱洗劫一空。从此,这个家就成了现在这个样子。

小黑子的娘这会儿正坐在靠墙的火桶上。小黑子走上前对他娘说:"娘,家里来客人了。"

小黑子娘问:"客人? 我这穷家哪还有客人?"

小黑子说:"庙前大山表舅隔壁的阳叔来了。"

小黑子的娘说:"哦,是老阳头吗?"

老阳头走上前说:"姐,是啊,是啊! 我就是大山哥隔壁的老阳头。"

小黑子娘说:"唉,我现在眼睛瞎了,走不了远路,有几年没去我大山表弟家了。前不久,大山表弟托人带话给我,让我有空去他那走走,可我现在哪儿也去不了,只能守着这个穷家。"

爷爷在旁边说:"老姐姐呀,俗话说家有一老如有一宝,您整天给小黑子守着家,这是他的福气啊!"

小黑子的娘听到这话,乐呵呵地笑了,问:"你这大兄弟声音生,但说话让人爱听,你是?"

小黑子轻声地告诉娘说:"娘,他俩是新四军。"

小黑子的娘惊讶了一下,问:"什么,新四军?"

小黑子说:"对,就是你经常说的新四军,是打日本人的队伍。"

小黑子娘一听爷爷他们是新四军,起身就要从火桶上下来,激动地说:"儿啊,快快烧茶招待恩人,他们打日本人,替你爹和你哥哥报仇,就是我们家的恩人!"

爷爷一把将她按住:"姐,您别动,就在火桶上坐着,新四军和老百姓是一家人,不用太客气。"

小黑子跑去烧茶,爷爷和老阳头陪小黑子娘说话。小黑子娘说:"那些鬼子和汉奸尽糟蹋我们老百姓,村里人都被他们害惨了。还有那乌龙山上的夏天林,也时不时地带着人下山来祸害我们。你说,这日子叫大家怎么过?我们盼呀,白天盼,夜里也盼,眼都盼瞎了,盼老四的队伍打过来,盼你们过来赶跑望夫山的鬼子,盼你们打跑乌龙山上的夏天林,让我们老百姓过几天太平日子。"

爷爷说:"姐,莫急,你就耐心地再等上一阵子,鬼子和汉奸的日子长不了啦。至于夏天林这帮土匪,我们一定会消灭他们,好日子在前头等着你呢!到那时候,我保证给小黑子老弟说门亲,怎样?"

老阳头也在一旁附和:"是,是,姐,你就放心,到时我们一起给小黑子说亲去!"

小黑子娘一听,乐得眼泪都流出来了,兴奋地说:"谢谢,真要这样,我家小黑子的日子就有盼头了!"

小黑子趁爷爷和老阳头喝茶的时候,忍不住把新四军路过这里的事传了出来。村里人一听新四军来了,都高兴得不得了。他们从家里涌出来,来到小黑子家,里三层外三层地将爷爷和老阳头围在中间,都想见见新四军战士长什么样子。当他们得知我爷爷他们是护送商人路过这里,一下子又跑出村子把新四军护税员和商人及挑夫们迎进村子里,留下几个小伙子在村外照看棉花和监视望夫山方向的鬼子。大家听说护税员和商人们还没吃午饭,一下子就忙开了,一个个把护税员和商人们往家里拉,把藏着准备过年的食物都拿出来给大家吃。村里人看着爷爷和冯三贵说:"新四军为人民做主,碰上这样的队伍,我们老百姓就有奔头了。"

有个老头拉着一个胖商人来到冯三贵跟前说:"你们这些生意人,往后给新四军缴税得积极些,人家可是拿命在保护你们呀!要是不积极向新四军缴税,那就对不起冯同志,对不起共产党,对不起良心!"

胖商人一个劲儿地点头,说:"是是是,您老人家呀,请放心,我不仅自己积极向新四军缴税,我还要带着身边的人向新四军缴税。如果我不积极向新四军缴税,就对不起乡亲们呀!"

吃罢午饭,爷爷他们又要上路了。小黑子娘站在墙根下,拉着爷爷和老阳头,似乎有说不完的话。她要爷爷带小黑子走,说要让小黑子跟着新四军去打鬼子,去替他爹和他哥报仇。爷爷说:"姐,小黑子现在还小,我们替你们报仇,他现在的任务就是照顾好您。姐,您放心,等抗战胜利了,我一定替小黑子说门亲,如果有机会,我会把他带出去。"

小黑子娘拉着我爷爷一个劲地说谢谢。

战士们护送着商人们上路了,乡亲们一程又一程地送着他们。他们替这些年轻的新四军战士担心。乌龙山上的土匪可是兵强马壮,杀人不眨眼,十几个战士,不仅要保护几个商人和几十个挑夫,还要保护几十担棉花,他们能保护得了吗?本分又朴实的乡亲们,除了在心里祈祷战士们平安,他们又能怎么办呢?

走了一程,冯三贵和爷爷让乡亲们不要再送了。爷爷对乡亲们说:"乡亲们,大家请回吧,要不了多久,我们新四军就要反攻了,等打垮了鬼子和汉奸走狗,镇压了土匪夏天林,我们再来看望大家!"

乡亲们与爷爷他们挥手告别。

浩浩荡荡的队伍朝七里红方向迈进。艰苦的斗争在前面等待着他们。

上次在大山张放跑了新四军税务员,何三金的肠子都悔青了。那一段时间,因为被坂田和汪小非逼得紧,才以大海捞针的方式让手下便衣扮成商人,四处打探新四军税务员的下落。那天,何三金灰头土脸地从汪小非的办公室受训出来,正碰到装扮成谌姓商人的谌毛声。谌毛声兴奋地来向何三金报告:"队长,大好事,大好事呀!"

何三金说:"什么大好事,你捡着金元宝了?"

谌毛声兴奋地说:"比捡到金元宝还重要! 队长,我终于探到新四军税务员的行踪了!"

何三金的眼睛一下子亮了,说:"在哪? 快说!"

谌毛声说:"我在西山李遇到了他们,我向他们谎称自己是花屋谌家人,做的是棉花生意,想向新四军交税。"

何三金:"他们信了?"

谌毛声:"信了! 我说身上钱不多,让他们等着我,我回去取钱。后来,我们约定在大山张见面。将他们安定下来后,我就赶紧回来向队长报告!"

何三金问:"他们几个人?"

谌毛声说:"他们四个人呢,队长!"

何三金一听,立即来了精神,像打了兴奋剂:"赶快集合队伍,这次千万别让他们跑了!"

于是,在谌毛声的带领下,何三金带着他的保安小队一路向大山张方向狂奔。没想到刚到大山张村口,他们就被爷爷发现了。

爷爷他们走后,何三金带着手下在大山张挨家挨户地搜查,逼迫村里人把新四军交出来。村里人被搞得一头雾水,说自己连新四军的影子都没见到,到哪里交新四军?何三金在大山张折腾了大半个晚上,连新四军税务员的人影都没找到。后来,这件事传到了汪小非的耳朵里,汪小非命人让何三金和谌毛声去他办公室。

何三金耷拉着脑袋走在前头,谌毛声跟在后头。何三金刚一进汪小非办公室,汪小非手中的一只茶杯就迎面飞了过来,要不是躲得快,茶杯准得砸中何三金的额头,吓得何三金一下子趴在地上求饶。谌毛声见状,也"扑通"一声跪在地上给汪小非叩头,求汪小非饶了他俩。

何三金大叫:"队长息怒,队长息怒!属下办事不力,还望手下留情!"

汪小非指着何三金大骂道:"你就是一头蠢猪!"

何三金连连求饶,道:"是,是,三金连猪都不如。队长,您就当三金是您跟前的一条狗,新四军税务员就算是一群狼,三金这条狗也要把他们叼出来!"

汪小非愤怒地指着何三金说:"你也不拿脑子想一想,你当人家那些收税的是傻子?傻子能出来收税?谌毛声的话你也信?他说自己是商人,要回家拿钱缴税,人家收税的就相信他?再说,你要收集情报,你就不能多派一个人?一人跟踪,一人回来报信,这不就行了吗?"

被汪小非这么一骂,何三金一下子清醒了,觉得自己实在是立功心切。如果依汪小非队长所言,这一次说不定真的把新四军税务员的老窝找到了。找到了他们的老窝,然后带着队伍,神不知鬼不觉地就将他们一锅端了。如果将新四军税务所一锅端了,自己在日本人面前那得立多大的功呀!到时你汪小非在我何三金面前也不敢这么耀武扬威。想到这些,何三金更加懊悔,更加责怪谌毛声办事不力,没有替自己想到这一层。

汪小非将何三金训了一通后,又叮嘱他要把李贺喜保护好,不要让新四军游击队钻了空子。何三金向汪小非发誓,说自己就算丢掉性命,也要保护好李贺喜的安全。

何三金带着谌毛声离开保安大队,没走多远,迎面遇上坂田,坂田正带着手下来保安大队找汪小非兴师问罪,指责他最近办事不力,处处让新四军游击队钻了空子。坂田见到何三金,将他训斥了一顿。何三金哭丧着脸说:"太君,我虽办事不力,但对皇军的忠心日月可鉴,求太君再宽限些时日,一定拿新四军税务员向太君献礼!"

坂田一听,这才满意地点点头。

"哟西哟西,何君忙你的去吧!"坂田说。

何三金这才千恩万谢地带着谌毛声离开。

16

回到家里,何三金坐立不安,心里那个急呀,如同猫爪子在心上挠。他茶不思,饭不想。现在是汪小非盯着他,日本人也看着他,新四军几次都从他的眼皮底下溜走了,好像所有人都在与他作对一样。特别是这一次,满以为要将新四军税务员抓着,结果到嘴的鸭子还是飞了,连一根毛都没捞着。自己辛苦不说,反倒被汪小非大骂了一顿,还差点被茶杯砸伤。想到这些,何三金心里憋屈,来到自己的小队,逮着人就破口大骂。

这天下午,何三金躺在家里抽大烟,小老婆在旁给他点烟,手下洪武弓着身子走了进来。洪武见何三金在抽大烟,便没敢吭声。何三金的手下人都知道,只要何队长在抽烟,什么事都得停下来,有什么话等他抽完大烟再说。洪武是武山人,因长了个酒糟鼻子,人家就叫他红鼻子。

何三金看了洪武一眼,问:"有事吗?"

洪武见队长问自己,便赶紧走到何三金跟前轻轻地应了一声:"是,队长。"

洪武说完,又看了一眼何三金的小老婆,何三金立即明白洪武有重要事情汇报。如果不是特别重要的事,洪武绝不敢这个时候来打扰自己。何三金便挥手让小老婆离开。小老婆瞟了洪武一眼,然后朝洪武"哼"了一声,便气呼呼地去了另一个房间。

见何三金小老婆离开，洪武凑在他耳边说："队长，我发现一个可疑之人，他以前是共产党的地下交通员。"

何三金一听，一下子从躺椅上坐了起来。他一把抓住洪武的衣领说："你没看错人？"

洪武一脸委屈地看着何三金，指着何三金的手说："队长，你看你看，我是来向您报告敌情的！"

何三金这才意识到自己的言行太过于激动。他松开手后讪讪地对洪武说："你看，我这一激动就动了粗，莫见怪。"

洪武接着说："此人姓刘，那会儿我们正要带人去抓他，没想到被他发现后溜走了。本以为这个线索断了，没想到这会儿他突然又冒出来了。"

何三金一听，急忙边穿衣服边问："在哪发现的？"

洪武说："在城门口，我一个人没敢动他，跟了一程，发现他往尖山黄那边去了，这才跑来跟队长汇报。"

何三金一听，鼻子都给气歪了，扬手扇了洪武一个耳光，骂道："你就是一头猪，难道你就不能打他冷枪？把他打伤了，他还怎么跑？"

洪武一听，也懊悔地打了自己一巴掌，说："你看你看，我竟然忘了。"

何三金穿好衣服便往外跑，边跑边喊："快去集合队伍，给我追！这次如果让这家伙跑了，看老子怎么收拾你！"

何三金集合了便衣队，七八个便衣跨上脚踏车，发了疯似的往城外追去。

这会儿，老刘已过了尖山黄，正加紧往前赶去。他要将身上的情报送到辰字号新四军的根据地，或者振裕油坊税务员手中。老刘正走着，突听见身后有声响，不由得朝身后看了看，发现有一队人骑着脚踏车朝自己这边驶来。老刘虽知道这群人是保安队的便衣队，但他没想到便衣队是冲自己来的，也就没有加强警惕，只是停下脚步等便衣队先过去。眼瞅着便衣队离自己越来越近，老刘才发现洪武边骑车边朝自己指点，他这才意识到，自己可能暴露了。他想都没有多想，转身就往路边的山林里跑。老刘心里明白，只要跑进山林，敌人的脚踏车就没有了优势。

洪武见老刘往山林跑去，一下子急了。他扔下脚踏车，拔出手枪喊道："站住，不然老子就开枪了！"

洪武立功心切，抬手便朝老刘开枪。子弹嗖地从老刘身边掠过，在地上刨出了一个土坑。便衣队员一个个扔下脚踏车朝老刘追去。何三金见洪武没经过自己的同意私自开枪，抬起脚狠狠地朝洪武踢去，将洪武踢倒。

何三金怒道："谁叫你开枪，老子要活的，活的。老子要的是情报，你懂吗？"

洪武这才意识到自己差点闯下大祸。洪武爬起身来，端着枪没命地朝前追。

老刘丝毫没有停下脚步的意思。他知道，自己有重任在身，就算拼了这条命，也要将情报送出去，千万不能让情报落到保安队的手里。

眼看着老刘就要跑进树林，何三金才不得不命令开枪。于是，子弹如雨点般朝老刘射来。老刘感觉后背被东西扎了一下，然后跟跄了几下栽倒在地。何三金见老刘栽倒，兴奋地说："打中了，打中了，冲上去！"

便衣们一下子朝老刘冲了上去。眼看着他们就要来到身边，只见老刘突然爬起身来，然后大喊一声："狗汉奸们，老子送你们上西天！"

老刘说完，使出全身的力气将手中的手榴弹朝便衣们扔了过去。随着一声巨响，便衣们倒下了。过了许久，何三金听到洪武凄惨的叫声，才慢慢地探出头来，只见洪武双手捂着鼻子在地上打滚。何三金爬起来，走上前一看，才发现洪武的鼻尖被手榴弹炸没了，另一个便衣被炸成重伤。何三金气得直跺脚，他晃着长长的脖子朝四周看了看，老刘早不见了踪影。何三金扔下洪武和另一个受伤的手下，领着其他便衣继续往山林里追赶。

何三金带着手下在山林里四处寻找老刘的下落，他眼睁睁地看着老刘中了枪，料定老刘跑不了多远。何三金对他的手下说："都给我搜仔细点，老子不信他能飞了！"

任凭何三金不停地扩大搜寻范围，却连老刘的一根毛都没有找到，气得何三金见谁骂谁。到手的鸭子不仅飞了，还被鸭子抓伤了两名手下，何三金难咽这口气。从山林里出来，何三金又带着手下沿着公路两边往前找，直到追上三爷爷的牛车。他们做梦也没想到，老刘就藏在三爷爷的牛车里。

何三金回到他的保安小队，气得坐立不安。尽管他立功心切，却拿新四军一点办法都没有。

"唉,真是气人哪!"何三金说。

"怎么又让他跑了呢?他能跑到哪里去呢?"何三金说。何三金拿起桌上的酒壶"咕咚咕咚"地猛灌了几口,然后像泄了气的皮球一样瘫倒在床上。

第二天中午,何三金从朋友那里吃完饭回家,前脚刚踏进家门,一个叫李二狗的便衣就气喘吁吁地跑了进来。

李二狗说:"队长,在上十塘与太字渡交界处,发现一批从江北过来的棉花贩子,他们往七里红方向去了!"

何三金双眼紧盯着李二狗,疑惑地问:"你说这话是什么意思?这些棉花商人去哪儿,与我们有什么关系吗?难道要我派人护送他们吗?"

李二狗说:"队长,问题就在这里。"

何三金打着哈欠,显然烟瘾又犯了。他盯着李二狗不耐烦地说:"有屁你直接放,别夹着一点一点地放!"

李二狗说:"是你打断我放呢,队长!"

何三金说:"那你快说,快说!哎哟,困死了!"

李二狗说:"队长,我琢磨那些商人定有人护送,如果没人护送,他们有这么大胆子敢去七里红?"

何三金一听,眼睛突然亮了。他紧盯着李二狗的脸没吭声。李二狗接着说:"队长,你想想,七里红这条道可是有名的匪道,夏天林和他的这帮兄弟,能在乌龙山生存,靠的就是这条生财的道。队长,你说,这帮商人仗着谁的胆子？不就是新四军吗？"

何三金说："你是说，新四军会护送这帮商人出七里红？"

李二狗说："除了新四军还有谁？难道你？我？还是日本人？这都不可能呀！"

何三金一拍大腿，说："一定是新四军的税务员和他们的护税班！"何三金想了一下，又问："他们一共多少人？"

李二狗说："我数了一下，一共六十多个人、四十五担棉花。我算了一下，除了四十五个挑夫和几个商人，其他人应该就是新四军的护税员。"

也许是前几次的事让何三金有些后怕，他一再确认李二狗的消息。他说："你说的都是真话？"

李二狗见队长不相信自己，显得有些着急。他说："要是有半句假话，你直接枪毙我。"

"你真的没看错？"

"没错，我亲眼看见的，人数也是我亲自数的。"

"嗯。"何三金在心里盘算着。

李二狗见何三金没吭声，担心何三金不相信自己。他接着说："我叫毛小在那盯着，我骑脚踏车回来给队长送信，这会儿毛小还跟在他们后面呢，队长！"

何三金听后，哈哈大笑，然后说："我要让汪小非看看，我何三金没白吃他的饭，没白花他的钱。二狗，去，去通知所有的弟兄，带上家伙，跟老子捉新四军税务员去！"

"是!"李二狗应了一声跑出去。

太阳离山顶一丈高的时候,商人队伍已快进入七里红地段。冯三贵和爷爷一商量,让队伍在灌塘停了下来,对全体人员进行了分工。爷爷、张梅生、老阳头、汪定江、汪得财等人打头阵,冯三贵带着周义甫、李汉春、唐桂保、欧阳生、田超有、李志和等人留在灌塘阻击敌人。商人走在中间,大家随时做好准备,防止土匪冲击商人队伍。爷爷又从挑夫里找出几个胆大的,然后给他们每人发了一颗手榴弹,并教了他们使用的方法。

爷爷说:"如果土匪们朝你们冲来,你们就拉开引线使劲扔出去,扔出去后赶紧趴在地上,别让手榴弹伤到自己。"

挑夫们将手榴弹握在手中。张梅生问挑夫们怕不怕死,挑夫们说怕死就不来当挑夫,挑夫这一行就是将性命系在裤腰带上的活。爷爷见大家准备好了,然后带着大家一起朝七里红深处走去。

17

队伍过了神下刘,在快接近拉拉山的位置,大家果然看见山上冲下来十多个土匪,土匪们一字排开拦在路中间。为首的土匪头目,头戴一顶瓜皮帽,左手拿着一把砍刀,右手握着一把手枪。土匪头目拿枪指着走在队伍前头的爷爷说:"站……站住,给……给老子听好了,老子有……有话说,你们老老实实把棉花送过来,不然老……老子对你不客气!"

爷爷一听对方说话,就知道他是小黑子说的夏天林的手下刘结巴。爷爷暗中示意大家做好动手准备,然后双手抱拳说:"对面可是二当家的刘茶生大哥? 在下欧阳国强这厢有礼了!"

刘茶生看了爷爷一眼,说:"少……少废话,把钱和棉花放下,老子放……放你们一条活……活路!"

张梅生只知道刘结巴心狠手辣,没想到他一点儿都不讲江湖规矩,开口闭口就是要钱要命。小黑子曾告诉张梅生,说刘结巴这家伙伤天害理,无恶不作,附近谁家讨媳妇,他都要来睡个头晚,要不,这媳妇没法讨。不知多少良家妇女被他糟蹋了。想到这里,张梅生实在忍无可忍,还没等爷爷下命令,抬手就是一枪。这一枪直接打在了刘茶生的脑门上,刘茶生当即仰面躺在地上不动了。

土匪们见状,顿时愣住了。没等他们反应过来,爷爷喊了一声:"打!"

爷爷的话音刚落,张梅生、老阳头、汪定江、汪得财等人便朝土匪们开火。喽啰们见二当家已死,吓得扭头往山上跑。他们跑回山上,都没搞清刘茶生是怎么被人打死的。

爷爷正带着大家追赶土匪,突然,灌塘方向响起了激烈的枪声。张梅生大叫起来:"小表哥,后面有埋伏!"

爷爷指着商人们对老阳头说:"你们几人快带着他们退守到神下刘,我和梅生去支援所长他们。"

老阳头应着,然后快速组织商人们撤到神下刘。爷爷带着张梅生往灌塘方向跑。跑到半路上,遇到了周义甫,周义甫说:"何三金的保安队从灌塘打过来了,大家快顶不住了,所长让我给你送信!"

"又是何三金这孙子!"爷爷骂道,带着张梅生往灌塘方向跑去。

何三金是听到七里红方向的枪声赶过来的。他的便衣队骑着脚踏车刚过石涧桥没多远,便听到一阵激烈的枪声。他猜想,这一定是新四军与夏天林交上了火,于是从身后打了过去,想与夏天林前后夹击,捡一个便宜。没想到他们刚一到灌塘,就被冯三贵等人打得晕头转向,一时间不知怎么回事。

何三金清醒了一下头脑,然后纠集手下朝冯三贵他们的阵地发起了进攻。便衣队一连冲了几次,都被冯三贵他们打了回去。战斗中,欧阳生、田超有、李志和等人都负了伤。眼看子弹快打完了,冯三贵才叫周义甫快去通知爷爷。

天快黑下来时,爷爷接应着冯三贵他们也退到了神下刘。他们与老阳头等人会合,以村庄为依托,依靠地形与何三金周旋。大家刚打退了何三金的进攻,正想休息一会儿,七里红那边又响起了枪声。土匪们叫喊着要给二当家的报仇,在夏天林的带领下,朝神下刘冲来。

看着两面夹击的敌人,爷爷一下子急了,汗不停地往外冒。爷爷知道,自己牺牲事小,这么多的商人和挑夫可不能出差错呀!他们一旦落入土匪和保安队的手里,一定没有活路!何况这次的任务,是宿松党组织交办的,无论如何也要完成!自从跟着商老四参加新四军以来,自己还没遇到过这种腹背受敌的情况,平时打的只是一些小打小闹的仗,或一些提前设计好的伏击战。就连冯三贵和老阳头这样的老战士,也没遇到过这种情况。冯三贵和周义甫是书生,收税是好手,身手不如爷爷矫健,有时遇到敌人,也只能硬上。其他人虽说打过仗,但都没有指挥经验,更没遇到过被土匪和伪军两面夹击的情况。

看到爷爷一副手足无措的样子,冯三贵也有些心急。情急之下,只听冯三贵大声喊道:"共产党员们,新四军战士们,现在是党和人民考验我们的时刻。一面是穷凶极恶的土匪,一面是何三金的便衣队,哪怕我们只剩下一个同志、一颗子弹,也要把敌人挡在神下刘外面,绝不能让他们冲进村子,绝不能让他们伤害我们的群众和商人,要坚守到大部队到来!大家有没有信心?"

爷爷大声喊道:"有!"

大家一齐跟着喊了起来:"有!"

爷爷见所长将大家的劲头鼓动起来了,也突然有了主意。他将人员分成两组,自己和冯三贵各带着一组从两个方向阻击夹击的敌人。

眼看着乌龙山上的土匪,在夏天林的带领下就要冲到村子边上,突然在土匪的身后传来了震天的喊杀声。机关枪"嗒嗒嗒"地响着,子弹就像雨点般落在土匪们身上,一下子就撂倒了好几个土匪。爷爷知道,定是刘志国带着部队从庙前街那边接应来了,大家激动得眼泪都流出来了。看到土匪们抱头鼠窜,爷爷立即组织护税班向何三金的阵地发起反攻。冲到何三金的阵地时,才发现何三金带着他的保安队早跑得无影无踪。

原来,何三金听到了七里红方向的枪声和震耳欲聋的喊杀声时,猜到新四军的援军来了。于是,没等税务员发起反攻,他便带着手下溜了。

张梅生说:"何三金这家伙,跑得比兔子还快。"

爷爷说:"何三金这家伙精着呢,亏本的事他不愿干。"

张梅生说:"最近他总是做亏本的事。"

爷爷说:"所以,他现在总想怎么扳本。"

这会儿,冯三贵带着税务所的全体人员与刘志国带来的增援部队会合了。在部队打扫战场的同时,爷爷带着护税员将跑散的挑夫和商人找了回来。冯三贵让周义甫和老阳头清点了人数后,见没少一个人,便命令大家保护商人随部队前往庙前街过夜。

这时,月亮升起来了,星星挂满了天空。

七里红一战,狠狠地挫败了乌龙山上的土匪夏天林的锐气,何三金也吓得连夜跑回了县城。为对付夏天林,以及这一带的伪军和保安队,并保护过往商人的安全,大工委经研究决定在庙前街组建一支游击队,游击队就驻扎在乌龙山下的张家山村。有了游击队的庇护,这条路上安静了许多。新四军保护商人的举动,被商人们到处传颂,人们深受感动。许多过往的商人,主动赶到新四军临时税务办事处缴税。与此同时,根据地内,郭桥、柳墅等地也成立了临时税务办事处。

随着税务所的影响越来越大,汪小非更是加大了对税务员的搜查力度,有时还派便衣装扮成新四军税务员混入根据地,向商人们打探冯三贵等人的行踪,有两次竟与冯三贵和周义甫相遇。但冯三贵等人每次都能巧妙脱身。

为了不给振裕油坊和爷爷一家招来麻烦,冯三贵决定将落脚点转移到其他地方。冯三贵将他的想法告诉三爷爷后，三爷爷坚决不同意。

三爷爷说："是不是我欧阳国瑞的后勤做得不够好？还是保密工作不到位？"

冯三贵连连说："不是不是，您千万别误会，主要是在一个地方待久了怕引起外人的注意，怕给您一家带来麻烦。"

三爷爷觉得冯所长说得有道理，安全第一，也就没有坚持。后来，爷爷与冯三贵商量，决定将落脚点转移到蒋家边的背后学校。自从希明伯父去世后，再也没有教师来，背后学校就一直空着。爷爷之所以决定转移到蒋家边背后学校，主要是因为村里的群众基础好，大家都支持抗日，这与希明宣传的进步思想有关。另一个原因则是村庄靠近大山，万一有敌情，随时可以往山里转移。

时间一晃就到了 1944 年春，全国的抗战形势发生了根本性的变化。日军在各战区处处挨打，共产党领导的抗日力量不断发展壮大，根据地从无到有，从小到大，不断向敌占区深入。爷爷和税务所的战友们，经过一年的艰苦磨炼，也逐渐成熟起来。他们不仅深入敌占区去收税，有时还钻到鬼子的眼皮子底下去收日本商人的税，令坂田防不胜防，大伤脑筋。

这年春天，雨水比较多，税务员们不便出门工作，都在蒋家边待命，冯三贵便利用这段时间办起了学习班。他们将村里的年轻人组织起来，教大家识字、学文化，给大家讲共产党在这个时期的方针政策，以及共产党的税收知识,帮助大家了解我国的税收历史。冯三贵向大家宣传共产党的税收政策是"取之于民,用之于民",是为了打倒小日本,建立新的民主政权。国民党反动派的税收政策是取之于民,用之于己,国家的税收被四大家族中饱私囊,使国家机器瘫痪了,使国土沦丧。

我奶奶和村里的许多年轻妇女一样,也参加了税务所举办的学习班,通过学习班掌握了不少税收知识。有一次,我奶奶回娘家探亲,还鼓励她做生意的大哥向新四军税务所缴税。那一次,我的舅爷爷还真带了不少钱来缴税。

缴税前,舅爷爷对冯三贵说:"冯所长呀,你是不知道哟,要是不来向你们缴税,我这妹妹就不饶我,天天在我耳边絮叨。罢罢罢,我缴税买个安宁。"

一席话,说得爷爷和冯三贵哈哈大笑。

冯三贵说:"缴税得按根据地的政策来,得按你生意的营业额定税。你能主动向我们缴税,说明你的生意做得好哇!"

舅爷爷说:"要说生意做得好,这得感谢商老四,是他带着队伍剿灭了杨明道和杨彩艳这帮土匪。如果这帮土匪不除,我们哪里还做得了生意? 赚一个钱,就得被他们拿去两个,我们生意人,现在就盼着赶紧打跑日本鬼子,只有天下太平了,老百姓才安居乐业呀!"

奶奶除了帮助爷爷做好后勤,还带着几个妇女担负起放哨的任务。这一带还属于敌占区,村子外要是来了生人,她们就跑来告诉爷爷和冯三贵。有一次,洪明远带着两个游击队员从县城回大树陈,路过蒋家边,想进村去看看爷爷他们,结果被一群妇女围住了。她们问七问八,像审问犯人一样。后来奶奶来了,认出是洪明远,这才替洪明远解了围。

来到背后学校,洪明远告诉爷爷,他们这一次进城的任务是除掉李贺喜。时卫华同志摸清李贺喜的下落后,将情报送到根据地,商群便派洪明远带着两个队员进城,然后找机会将李贺喜这个内奸给除掉了。

此时,群众都发动起来了,汪小非和何三金的便衣队就成了睁眼瞎,成了无头苍蝇。虽然整天四处乱窜,但他们连新四军税务员的影子都找不到。

学习班的教员,分别由冯三贵和周义甫担任,有时也从部队里请有文化的人来授课。周义甫是棠山(现在属湖口县)人,读过很多书,人也很随和,长得白白净净、文质彬彬,不仅写得一手好字,还会画中堂,逢年过节或办喜事,乡亲们都请他写对联、画中堂。只要大家请他帮忙,周义甫从不推辞,而且不收报酬。教学之余,周义甫还教大家唱歌,教大家唱《新中华进行曲》:

> 我中华英勇的男儿,快快起来!
>
> 起来,一齐上前线!
>
> 四万万觉醒的大众,
>
> 已不再忍受横暴的摧残!
>
> 满怀的热血已沸腾,
>
> 满腔的热泪总不干!

不将暴敌扫荡誓不生，

不将国土恢复誓不还！

…………

这歌，听着使人振奋；这歌，听着使人昂扬，让人满腔的热血在沸腾！

18

下了许多天的雨总算停了，太阳终于露了脸，爷爷和大家从学校里走了出来。大家在学校门口伸伸腰，踢踢腿，蹦蹦跳跳，松松筋骨。冯三贵让大家自由活动，要爷爷陪他去村外的地里采野菜。这季节，地里的油菜开着黄灿灿的花，蜜蜂在花丛间飞来飞去，庄稼人边犁田边唱着山歌，但歌声是忧愁的。他们将牛儿催得飞快，犁铧翻起泥土，卷起黑色的波浪。男孩子们在水沟里摸鱼；小姑娘们则端着木盆跟在男孩子后面捡泥鳅或小鱼；小一点的孩子，则拿着一根小细棍在墙缝里往外掏蜜蜂。好一幅太平盛世图啊！春天，他们拼命地播种，到了秋天，成熟的果实有可能就要被日伪军夺去，只落得两手空空。爷爷揪心呀！

太阳出来了一阵子，天又阴沉了下来。眼瞅着又要下雨，爷爷就催着冯三贵往回走。两人走到村口，张梅生和汪定江几个人正拥着洪明远嘻嘻哈哈地往这边来，洪明远身后还跟着两个挑着担子的年轻人。爷爷和冯三贵见到洪明远，便热情地迎上前去。

冯三贵握着洪明远的手说:"老洪,几时来的?"

洪明远说:"还没进村便在村口遇到他们,他们便要带着我去地里找你们。"

爷爷说:"走,去学校说!"

一行人拥着洪明远朝背后学校走去。

到了学校,大家听说洪明远来了,都围了过来,要他讲一讲游击队的事。洪明远将新分来的两名年轻税务员向大家做了介绍,一个叫王得胜,一个叫张为民。大家对新来的同志表示热烈欢迎。洪明远见大家热情高涨,便宣布临时召开一个会议。会上,洪明远将部队最近打了胜仗的事向大家做了汇报,洪明远说:

"告诉大家一个好消息,挺进十八团进驻彭泽一年多了,由于各项工作的迅速开展,抗日民主根据地已成雏形,五师和七师之间的跳板也搭起来了。几天前的大工委会议上,郑重书记特意表扬了你们税务所的同志们,表扬你们克服了艰难险阻,不怕困难,不怕流血,不怕牺牲,顽强斗争,为新四军开辟了财源,收得了税款,为部队的补给做出了巨大贡献,从而打乱了日伪军企图将新四军困死在大浩山里的计划。同志们,郑重书记特意叮嘱我,要我把他在会上的原话转告给你们,大工委对你们的工作是满意的!"

洪明远的一席话,说得大家热泪盈眶,爷爷带头鼓起掌来。洪明远看了一下大家,挥手示意大家停一停,让跟他来的两个年轻队员将挑来的袋子打开。洪明远从袋子里面拿出一套新棉衣说:"同志们,郑重书记在物资万分紧张的情况下,特意为我们每个税务战士准备了两套新衣服,一套是春秋季的单袄,一套是冬天的棉袄。郑重书记告诉我,部队再苦也不能苦了收税的同志们。郑重书记自己穿的还是打满了补丁的旧单袄。"

说到这里,洪明远擦了擦眼泪,爷爷的眼泪也一个劲儿地往外涌。洪明远接着说:"今早临行前,商群支队长把我叫了去,让后勤给我拿来了十斤野猪肉,让我带给税务所的同志们打打牙祭,要我代表他个人,代表江南支队,代表大工委,代表根据地的全体老百姓感谢你们。他说,党和新四军不会忘记你们的功劳,中国的抗战历史中一定会有你们精彩的一页!"

一席话说得大家再次鼓掌,再次落泪。会上,洪明远宣读了大工委关于洪明远同志任赣皖税务经征处副处长的决定。他这次就是以税务经征处副处长的身份来指导工作的。

饭后,洪明远把冯三贵叫到外面,两人边走边说话。洪明远说:"三贵,你有一年多没回兆吉沟了吧?"

冯三贵说:"是的,一年多了,也不知道娘怎么样了?"

洪明远说:"你娘很想你,很想你回去看看她。商群支队长上次去柳墅特意抽时间去看你娘。我这次来,商群支队长让我转告你,要你这次一定要回去一趟,你离开这几天,税务所的工作由我和国强来担着。"

冯三贵为难地说:"这怎么行啊,收税这个事不比带兵打仗,复杂着呢!"

洪明远说:"怎么,还不相信我这个经征处副处长?"

冯三贵一听，摸了摸头说："领导千万别误会，我不是这个意思。你要这么说，我还真得回家一趟了。"

洪明远笑着说："你娘托人给你在附近说了一门亲事，说姑娘长得蛮好看的，想等你回家定下来。"

冯三贵犟不过洪明远，就答应回家去看看。其实，在冯三贵的心里，他何尝不想回去看看苦命的娘啊！只是眼下的工作抽不开身，他想将更多的时间花在收税上。多收一分税，前线的将士就会多一分保障。

这时候，大工委在彭泽各地的基层组织都恢复了。除了县城和沿江一带的几个据点被日伪军占着，其余都被新四军游击队控制了。名义上这些地方归伪政府管，实际上那些在乡里、保里和村公所的公差，大多由进步人士担任。那边日伪军稍有个风吹草动，消息就传到新四军游击队那里去了。

之前，伪政府的税捐稽征处也经常派人下来收税。那些税务员下来收税时，都背着枪，穿着制服，歪戴着帽子，趾高气扬，老百姓见了就头痛。这些收税的"老爷"来时，大多往村公所一坐，村公所的人就得忙乎起来，给他们敬茶敬烟，还得管饭。

酒足饭饱之后，这些收税的"老爷"往桌子边一坐，摆上麻将或牌九，要玩个尽兴。这时，村公所的人就得挨家挨户去通知那些小商小贩和手艺人，让他们赶紧去村公所缴税。小商小贩们手里握着钱站在桌子边上候着。谁家交多哪家交少，全凭这些"老爷"的心情。遇上

"老爷"手气好就能少缴,甚至一句话就给免了;遇上"老爷"手气背,两年的税钱一次性交清,弄不好还得罚个百把元,连张条子也不给开。这气你还得往肚子里咽。你要有半句怨言,他直接把你开店的证或者手艺证吊销。

有一年,隔壁田村张木匠倒了大霉,在缴税时偏偏碰上个手气背的"税老爷",要他一次性将三年的税钱缴清。张木匠拗不过,找人求情也没用,结果把家里的牛卖掉才缴清了税。如若不缴,他们天天来找你,说你对抗政府,甚至拉你去坐大牢。

自从十八团来之后,人们都不向伪政府缴税了。村公所的人老远看到县里的"税老爷"来了,就挨家挨户地通知,让商人们将摊子收起来,把店门关上,并且上锁,公差们都下地做自家的农活去。"税老爷"们见店里没人,村公所空着,在附近转了转,就去别的地方了。这么来了几次后,他们没收到税,没弄到吃的喝的,没捞到油水,之后也就不怎么来了。

暗地里,那些生意人和手艺人都把该缴的税缴给了新四军的税务所。

这天上午,洪明远正在组织税务所的全体人员学习,村头铁匠的小儿子结狗冲进了学校。结狗一边喘一边说:"洪处长,不得了,不得了,出事了,出事了!"

大家一听,以为鬼子和保安队进村了,都"唰"地亮出枪冲出学校。

爷爷第一个冲出去,他看到村里人都慌慌张张地往村头跑,不知发生了什么大事。这时,洪明远扶起结狗问:"莫急,告诉我,出什么事了?"

结狗这才边哭边告诉洪明远:"郎中说我姆妈快要死了,如果要救活我姆妈,就要送到县里的大医院去。"

洪明远一听,二话没说,拉着爷爷就往铁匠家跑。税务所的所有人也跟了过去。

洪明远和爷爷来到铁匠家,只见家里挤满了人,每个人脸上都布满了愁云。村里人都在细数铁匠老婆的好,说这么好的人怎么就得了这么个怪病。爷爷和洪明远挤了进去,只见铁匠垂头丧气地坐在床沿,一副欲哭无泪的样子。阳郎中在一旁给铁匠老婆号脉。

洪明远问阳郎中:"她得的是什么病?"阳郎中说得的是肺病,如果要想救活,只有去县里的大医院,要找县里的医生给她会诊,自己没有这个本事。洪明远问铁匠什么意见,铁匠说想救人,可是家里拿不出一分钱,年前虽进了一点钱,可前不久全用来买铁了。

铁匠说罢,又开始长吁短叹起来。

听到这里,洪明远将爷爷和税务所里所有队员召集到了一起,问大家身上有没有钱,有多少凑多少,不管怎么样先把人送到县里的医院再说。可是,队员们身上都没有钱,洪明远一时也不知道怎么办才好。这时,我奶奶带着几个妇女凑了些钱送来。洪明远让周义甫数了数,发现钱还是不够。洪明远想了一会儿,让老阳头和周义甫去学校将昨天收的税款先拿过来。周义甫见洪明远要动用税款,为难地说:"洪处长,这税款——"

洪明远说:"救人要紧,有什么事我来担着。"

见洪处长这么说，周义甫也就不再坚持。

钱凑齐后，洪明远让老阳头扮成病人家属，与村里几个身强力壮的小伙子一起，将铁匠的老婆往县里送。洪明远叮嘱老阳头，让他去找时卫华同志在县城想想办法，一定要把人救活。

送走病人后，洪明远回到学校，马上写了一份动用税款的说明材料，并让大家签上名按上手印。大伙儿正要派人将剩余的税款和说明材料往根据地送时，三爷爷来了。

三爷爷见到洪明远便开门见山地说："我也是刚在油坊里听到铁匠家的事就赶了过来，听村里人说你们动用税款救人，这哪成呀？你们这样做是违反纪律的！"

洪明远说："我们新四军是共产党领导的队伍，是穷人的队伍，我们打日本鬼子，目的就是要让老百姓过上好日子，我们的税款也是来自老百姓。我想上面会理解我们的做法。"

三爷爷没有吭声，默默地从身上掏出一沓钞票放在桌子上。三爷爷说："洪处长，听我欧阳国瑞一句话，你赶紧把税钱拿回来，这是用来打鬼子的专款。你们用税款垫付的钱我来出。"

洪明远感激地望着三爷爷，说："三老板，这怎么行？没理由这钱让你出！"

三爷爷说："一方有难八方支援，何况油坊里本有些铁匠活，就权当提前支付工钱给他了。"

洪明远一听，觉得三爷爷说得有道理，不由得对三爷爷竖起大拇指。洪明远说："三老板真是深明大义之人，我替铁匠一家谢谢你。"

事后,爷爷问三爷爷为何要这样做。三爷爷说:"新四军为了打日本鬼子命都不要,我们老百姓不能让他们流血又出钱。如果我连救自己族人的钱都舍不得出,今后我们家还有何脸面在蒋家边立足?"

三爷爷的话,让爷爷感触很深。他觉得三爷爷说得对,新四军为了打鬼子命都不要,而我们为自己的族人有什么不能付出的呢? 做人就要有担当。爷爷觉得,大爷爷死后,三爷爷变得坚强起来了,由一个柔弱的人,变成了一个有担当的人。这就是磨炼吧。

19

这天回到家里,我爷爷狠狠地夸奖了奶奶一通,说她识大体、肯帮人。奶奶这人心地善良,见不得人家可怜,见着可怜人就想帮一帮。平时家里要是来了一个要饭的,她宁可自己不吃,也要让要饭的吃饱。如果要饭的带着一个小孩,她会将那小孩搂在怀里抱一阵,然后拿出家里好吃的零食给那小孩吃。人家走时,她还不忘给人家送上一袋吃的。她总是站在要饭的背后说:"大人遭点罪就遭点罪,那孩子就这么一点儿大,怎么忍得住饿呢? 他们正长身体呀!"说到这里,奶奶总会吧嗒吧嗒地掉眼泪。遇上这种情况,爷爷总是说:"世上可怜的人多着呢,你哭得过来吗?"

奶奶却说:"可是看着他们这样难,我心里就难受,就是想哭。"

因为奶奶善良,所以平时来爷爷家讨饭的人总是比别人家要多很多。村里谁家死了老人,或谁家什么人生了病,奶奶比家属还伤心,还心急,只要看见别人难受,她就一个劲地抹眼泪。

爷爷总是说奶奶喜欢哭,说她是筛子眼,眼眶里总是留不住眼泪。

奶奶说:"我也不知道为何,见着别人落眼泪,我这眼泪就跟着往外淌,就想哭。"

爷爷说:"你呀,《红楼梦》看多了。"

其实,我奶奶并不是一个像林黛玉那样多愁善感、弱不禁风的人。她行事的风格像男人一样,除了爱落泪,没有一样输给爷爷。爷爷加入新四军后,家里男人的活,她样样都能干,有时甚至还牵着牛去田里犁田。每当看到奶奶牵着牛要去犁田,三爷爷就会大骂我的伯父们,骂他们没一点担当,说你们的四叔不在家,你们就不能主动去帮下四叔房下? 其实,这不怪我的伯伯们,是奶奶自己闲不住。

这天晚上,奶奶把自己的首饰都拿了出来。她对爷爷说:"你明天把这些拿到税务所缴税去吧!"

爷爷不解,问:"你这是要做什么? 你又不做生意,要缴什么税?"

奶奶说:"部队不是有规定吗? 每亩田每年要缴两次田税,一次一元。你算算,看看我们家得缴多少田税?"

爷爷说:"部队也有规定,抗日烈士家属和新四军现役战士家属免征。我现在是新四军战士,我们家是新四军家属,属于免税对象。"

奶奶说:"你是不想缴税还是装糊涂?"

爷爷不解地望着奶奶。

奶奶说:"你看看,我们家就你一个人参加了新四军,要说新四军家属,也就是我一个,免税的也就是你这一房。我们这个大家,有那么多的田产,免税也不能全免。"

爷爷说:"我们家油坊没少向新四军缴税,这个事支队长比谁都清楚。我们家除了缴税,还捐了好多钱呢!"

奶奶说:"那是油坊里的收入呀,我说的是田税。"

爷爷想了一会儿,说:"这个你就不用操心了,蒋家边这一带虽然没有鬼子和伪军了,但还不算根据地,不在根据地田税的征收范围内。"

奶奶说:"依你这么说,你们还去县里收税,那县城不是敌占区吗?"

爷爷一时语塞。

奶奶说:"我觉得,作为新四军护税员的家属就应该带头缴税,也算是为抗战贡献一点力量。"

爷爷想了一会儿说:"那我明天与三哥商量商量,算算我们家的田地有多少亩,缴不缴税或缴多少由三哥定,我们不能越俎代庖。"

奶奶想了想,说:"那你提醒三哥,如果不是新四军,不是商老四,我们家的油坊,我们家的田产,还有这一大家人的性命,能拖到今天吗?"

爷爷点点头,觉得奶奶说得对。如果不是新四军,他还有这个完整的家吗?爷爷不由得想起他的大哥和他的大侄子希明。大哥不愿出任维持会长从而招来杀身之祸,希明为号召全民抗日献出了生命,我们这个家族的命运,早已经与这个民族的命运联系在了一起。爷爷明白:支持新四军,就是支持我们自己;向新四军税务所缴税,不就是向自己的家里缴税吗?

第二天,爷爷找到三爷爷,将奶奶和自己的想法向三爷爷和盘托出。三爷爷觉得四弟说得在理,老百姓都主动向新四军缴税,作为新四军的家属,有什么理由不带头向新四军缴税呢?三爷爷找来账房先生,让他将家里应缴的田税认认真真地算了一遍,然后带着账房先生来到学校,将一年的田税缴上了。村里其他人家得知三爷爷一家向新四军缴了田税,也都主动到学校缴了税。

这一天,老阳头和刘志国带着新来的税务员王得胜前往马路口一带收税,因为有一个叫刘喜贵的行商到天黑还没回来,老阳头便决定去王得胜家过夜,待明天早上再来找他收税。这个刘喜贵是一个做茶叶生意的小贩,每年要从雷峰尖贩大量的茶叶去安庆和芜湖卖,税务所几次找他收行商税未果。这一次,老阳头听卖猪肉的李保久说,刘喜贵上午来他家买了几斤猪肉回家了。

老阳头一听,便带着刘志国和王得胜来立刀刘村刘喜贵家里。刘喜贵的老婆李金枝说,她男人扔下肉就出门去了,也不知去了哪里,可能是上街打牌去了。他们说的街就是马路口街上。刘喜贵好打牌,每次做生意回来都要去赌场玩两天,这是当地人尽皆知的事。

老阳头他们在刘喜贵家里等了好一阵子,等到太阳快要下山也没见刘喜贵回来。估计今天是等不到了,老阳头便决定明天再来找刘喜贵。

临走时,老阳头告诉刘喜贵的老婆:"麻烦你告诉刘老板,就说新四军税务所的人来找他收行商税，让他主动一点。你知道，我们找了他几次，也让你带了几次话，可他一点儿也不主动。今天，我们让你再带一次话，让刘老板把钱准备好，我们明天早上再来找他收税。"

一向谨慎的老阳头，万万没有想到，自己无意中说的话，却给自己和战友们带来了杀身之祸。

刘喜贵的老婆李金枝见税务所的人说明天还来，估计这一次是逃不掉了，便赶紧说："放心吧，我一定把话带到。其实，我前几次都跟喜贵说了，他也答应缴税，只是后来你们又没人来，我们也不知去哪缴税。"

老阳头一想，也是，我们这个税务所只是名义上的，又没个固定的住所，你叫人家上哪去缴税呢？唉，要是有个固定缴税的地方就好了。

从立刀刘村出来，老阳头一行来到赤膊垄王家，王得胜的家就在这里。王得胜的父亲叫王春生，他虽然是一个老实人，但他知道，要想出人头地，只有读书。所以，哪怕自己再苦再累，他也要供儿子读书。

王春生见儿子带着两个战友回家，便与老婆给大家张罗晚饭。吃完饭后，王春生将自己的床让给老阳头和刘志国睡，他带着老婆去村后旧屋睡。一开始老阳头和刘志国说什么都不同意，最后还是犟不过王春生，只得听他安排。

趁着大家吃饭的时候，王得胜的姆妈拿来一件干净衣服让儿子换上，并将儿子的脏衣洗干净后挂在屋外晾着。这都是当娘的心呀，总想着帮儿子一把是一把。然而，所有人都没想到，就是这些细节，给何三金提供了信息。

这里要介绍一下王得胜这个年轻人。王得胜和张为民是九江中学的同学，抗战全面爆发后，他们在学校接受了进步思想，积极参与抗日救国运动。毕业后，他们都积极回乡参加新四军。由于有文化，他俩被商群分到税务所。

一开始，王得胜和张为民都想不通：我们参加新四军是来打鬼子、杀汉奸的，怎么让我们收税呢？后来商群支队长和郑重书记找他们谈话，把税收工作的重要性详细地说给他们听，他们终于释怀，并表示一定要好好工作，多收税，为前线的将士多杀敌提供坚强后盾和有力保障。

由于白天工作太累，老阳头和刘志国、王得胜三人吃过晚饭后，便早早地休息了。夜静得出奇，月光如同刀锋一样，明晃晃地从屋顶瓦片的缝隙间射进屋内，亮得有些吓人。就在三人进入梦乡的时候，何三金正带着他的便衣队悄悄地出了县城，然后快速朝赤膊垄奔来。他们得到消息：新四军税务员在马路口一带收税，晚上在赤膊垄歇息。

正如村里人说的那样，这天上午，刘喜贵在屠户李保久家买了肉回家后，便去马路口赌博了。老阳头去刘喜贵家收税时，刘喜贵正在牌桌上跟人赌博。老阳头走后，李金枝便托人给刘喜贵带话，说新四军的人来收税了，他们留下话，让刘喜贵将钱准备好，他们明天清早来收钱。

来人将话带给刘喜贵，那会儿，刘喜贵和几个人在牌桌上赌得正欢。刘喜贵对捎信的人说："回去叫我老婆放心，就说我今晚多赢点钱，明天早上一定把税缴上。"

托信的人走了,刘喜贵继续赌博。

这群赌徒中,有一个叫项的桃的人,大家都叫他项老表。此人今天的手气特别背,身上带来的钱输光了不说,在东家那里借来的钱也输光了,最后被赶出了赌场。出了赌场,这家伙正不知去哪捞钱扳本,突然想到给刘喜贵带信的人的话:新四军税务员今天在马路口一带收税,明天一早还要来找刘喜贵。前一阵子,项的桃在县里遇到他的发小何三金。何三金告诉项的桃,若发现新四军税务员的行踪,立即来报告,奖金少不了。

想到这里,项的桃惊喜万分,从人家马棚里偷出一匹马,然后飞快地跑去县城给何三金报信。

这会儿,何三金在汪小非那里汇报完工作,刚出保安大队的大门,就看到项的桃牵着马在门边等着。见何三金出来,项的桃赶紧迎了上去。

项的桃叫了声:"三金!"

何三金见项的桃这么晚了还在县城,估计他有什么事找自己,便问:"这么晚你怎么还在这,有事吗?"

项的桃说:"好事,天大的好事!"

"哦?快说说什么好事!"何三金一脸兴奋地说。

项的桃将何三金拉到一旁,见四下无人,便说:"我发现新四军税务员了!"

何三金的双眼一下子亮了,拉着项的桃问:"快说说,他们现在在哪?"

项的桃说:"他们今天一天都在马路口一带收税。"

项的桃接着便将老阳头找刘喜贵收税的事向何三金讲述了一遍。何三金一听,惊喜万分,认为这是立功的大好时机,立马就要去召集手下出发。项的桃拉着何三金问:"这么大的情报,你们得给我多少?"

"给你什么?"何三金问。

"奖赏呀,你不是说若向你报告新四军的行踪就有奖赏吗?你不会赖账吧?"项的桃说。

何三金一拍脑门,这才猛然想起自己曾经对项的桃说过的话。何三金说:"你看,我把这个忘了,放心吧,只要抓到新四军税务员,奖金肯定少不了你的。"

项的桃讪讪地说:"三金,你们能不能先付点定金?"

何三金说:"怎么,你信不过我?"

项的桃说:"不是,只是我——"

何三金突然明白了,说:"我说的桃,你是不是又输钱了?唉,你不会提供假情报骗我吧?再说,就算奖赏,也要见到新四军的人。"

项的桃说:"难道你还不相信我?我只是手头实在有点紧。要不是手头紧,谁会出卖人呢,是不?"

何三金说:"不是我不相信你,就是买根针,也要看看有没有针眼,总不能买根没针眼的针回家,对不?"

何三金见项的桃还想说什么,便挥挥手说:"别搞得跟个娘儿们一样,什么都别说了,有我何三金在,亏不了你项的桃,你给我带路就是了。你在这里等我,我现在就招集人马!"

何三金说完,转身就朝自己的保安小队跑去。项的桃见状,也就不好再说什么了,只得牵着马在保安大队门口等候。

20

何三金的保安队全部换上了便衣,便衣们快速地从车棚里推出脚踏车,然后一字排开等候何三金发话。

何三金说:"我们现在有特别重大的任务要去执行,为了不使今晚的行动走漏风声,我现在也不告诉你们今晚任务的内容。但你们都给我记好了,路上谁要是弄出动静,小心我何三金毙了他!"

便衣们你看看我,我看看你,谁也不知道今晚要去干什么。他们心里都知道,何三金搞得这么神秘,一定是去抓重要的人物。

何三金说完,对旁边的项的桃说:"你带路吧!"

于是,项的桃跨上马在前头带路。二十多个便衣,在项的桃的带领下,骑着脚踏车出了城门,然后快速地朝立刀刘方向驶去。

此时,已是深更半夜。何三金带着他的便衣队,在离立刀刘一里地的地方停了下来。何三金让便衣们将脚踏车放在一个隐蔽的地方,然后让项的桃在前头带路,悄悄地朝村庄围了过去。

来到村前,何三金让大部分队员在村外守着,他自己则带着几个队员摸进了村里。他们没弄出一点儿声音,连村里的狗都没叫。何三金知道,只有先摸清新四军税务员住的地方,然后才能将他们一网打尽。

项的桃带着何三金来到刘喜贵家附近，指着刘喜贵的家说："看到没，那就是刘喜贵的家。他应该还在赌场，具体情况你问他老婆就知道了。"

何三金说："你去替我把门叫开。"

项的桃为难地说："我？你叫我去叫门？"

何三金说："我们是生人，大半夜她不会开门。她认识你的声音，你去叫她会开门。"

项的桃自知已经上了贼船，不愿去叫也不行了，只得硬着头皮上前去叫门。

项的桃上前叩了几下刘喜贵家的门，说："金枝嫂，喜贵在家吗？"

不一会儿，里面传来刘喜贵老婆李金枝的声音："谁呀？喜贵还没回家呢！"

项的桃说："金枝嫂，我是项的桃，喜贵叫我项老表，不知嫂嫂还记得不？我有两个朋友想找嫂嫂问个事。"

李金枝说："哦，记得记得，是项老表呀，你等等，我这就给你开门。"

项的桃一个月前还带人来刘喜贵家赌过博，李金枝当然记得。她本以为真是两个朋友来找自己问事，绝对没想到项的桃带来的是何三金。

李金枝点亮灯，然后打开门。项的桃带着何三金等人进来。李金枝见进来几个陌生人，浑身有些不自在。项的桃见状，赶忙说："金枝嫂，你莫要紧张，这几个人都是我的好朋友，他们是做布匹生意和树生意的,听说下午你家来了几个收税的人,这几个朋友想向新四军缴税呢!"

李金枝听项的桃这么一说,心里便放松了下来,赶忙说:"是啊,他们还让我家喜贵去缴税呢,喜贵到现在还没回家,你看看他这个人,哪像个做生意的人,一回家就晓得打牌,把缴税这么重要的事情都给忘了。老话说,十赌九输,再多的家财最终都要输空。"

何三金不耐烦地说:"那些闲话就不说了,他有钱赌就说明他会赚钱。嫂嫂可知那几个收税的去哪了?"

李金枝想了一会儿说:"我想他们该去赤膊垄去了,有个后生好像是赤膊垄春生的儿子,以前好像见过。"

李金枝见几个人都疑惑地看着自己,想了一会儿又说:"他们说明天早上来我家找喜贵收税,应该就住在不远处。"

何三金一听,大手一挥,说:"走,去赤膊垄!"

何三金说罢,带着众人起身离开。望着这群人急急忙忙的样子,李金枝生心生疑惑,喃喃地说:"这些人可真有意思,缴税需要大半夜来吗?"

说罢,她关上门,吹了灯睡觉。

何三金带着他的便衣队,在项的桃的引领下,很快就来到了赤膊垄村外。像在立刀刘村一样,何三金让大部分人在村外等候,自己带着项的桃来到村子中间。项的桃很熟练地找到了王春生的家。何三金在王春生家门口,看到竹竿上晾的衣服,立即判断出这是年轻人穿的衣服,王得胜等人一定就在家里。何三金悄悄地叫一个队员去村外叫其他人,自己则围着王春生的家察看地形。去村外叫人的队员不小心弄出了声音,将村里的狗惊醒了。所有的狗都叫了起来,围着何三金等人狂吠。

疯狂的狗叫声,立刻惊醒了屋内的老阳头和刘志国。两人同时从床上爬起,然后将床头的枪抓在手中。老阳头跳下床,走到窗边朝窗外望了一眼,便看到有人影从窗前闪过。老阳头喊了一声,说:"志国,有情况!"

这时,刘志国也下了床。他拎着枪来到老阳头身边,老阳头朝他喊了一声:"快喊醒王得胜,我们被敌人包围了!"

刘志国转身要去喊王得胜,此时王得胜也握着枪从房间里冲了出来。王得胜的身上背着包,包里是税票和税款。冯三贵所长跟他说过,不论走到哪里,税票都不能离身,就算离了身,也不能离开自己的视线。税票对税务员来说就是生命,宁可牺牲自己,也不能让税票落到敌人的手里。

所以,不管走到哪里,王得胜的背包从不离身,即使睡觉,他都将包背在身上。

见两人已准备好,老阳头说:"这里已经被保安队包围了,我们不了解外面的情况,硬冲肯定不行。这样,我在前头引开他们,你俩保护税票找机会突围!"

刘志国说:"我行动比你们快,我来掩护你们。得胜,这里的地形你熟,等我枪声一响,你就带着老阳往外冲,找准机会冲出去!"

王得胜说:"不,村里的情况我比你们都熟,我去把他们引开,然后你们想办法突围!"

王得胜说完,就将身上的包卸了下来,挂到刘志国的身上,说:"志国哥,税票和税款全在包里面,现在我交给你,你要保护好。"

刘志国一把将包取下,挂回到王得胜的肩上,说:"你个小屁孩跟我争什么,听我的!"

就在这时,何三金在外面喊起了话:"里面的税务员,你们被包围了!不要以为我不知道你们在里面,外面晒着的衣服已经暴露了你们。老老实实出来投降吧,免得我们冲进去。一旦我们攻进去,你们就是一个死!给你们五分钟时间,你们自己选择吧!"

王得胜一听,懊悔得不得了。他一拍大腿说:"唉,怎么会这样!"

刘志国说:"现在不是懊悔的时候。老阳,我先冲出去打他们一个措手不及,你带着得胜马上往外冲,千万不要迟疑。机会只有一次,不会有第二次,你们一定要抓住!"

老阳头无奈地点点头说:"好吧!"

这时,刘志国冲着外面说:"外面的人听好了,我们答应你们,但有个条件:我们出去,不许开枪。你们也知道,我们的大部队就在附近,如果我们依托地形与你们周旋,你们也未必抓得住我们。一旦被我们的大部队听到枪声,他们会马上过来增援,到时你们也未必跑得掉!我之所以跟你们谈条件,就是不想做无谓的牺牲!"

刘志国边说边往门边走去,悄悄地拉开门闩。这时,只听外面的何三金说:"识时务者为俊杰,只要你们投降,我保证不会开枪,并保证你们的安全。你们也知道,我们对死人并不感兴趣,我们要的就是精诚合作。"

见敌人放松了警惕，刘志国从腰间抽出一颗手榴弹，猛地打开门将手榴弹扔了出去。随着一声巨响，门外的何三金顿时没有了声音。趁这个空当，刘志国冲了出去，举起枪朝趴在地上的便衣射击。

刘志国将何三金的便衣队一下子吸引了过去。这时，老阳头紧紧抓住时机，带着王得胜从屋内冲出。老阳头和王得胜的突然冲出，让何三金一时不知怎么对付。趁这个空当，老阳头带着王得胜来到了刘志国身边。

刘志国说："你们赶紧撤，不要过来！"

刘志国不由分说，将老阳头和王得胜往外推。老阳头无奈，只得拉着王得胜往前跑。这时，何三金带着手下人冲了上来。刘志国转身刚要举枪射击，一颗子弹迎面击中了他的胸膛。王得胜跑了几步回头，月光下，刘志国晃了几下便一头栽倒在地。

王得胜大喊："志国哥！"

王得胜要去救刘志国，被老阳头一把拉住。老阳头说："快走！再不走就来不及了！"

王得胜只得带着老阳头朝村外跑去。眼看着就要出村，何三金的便衣队追了上来。老阳头看到不远处有片树林，便对王得胜说："得胜，我来拖住他们，你赶紧跑，跑进树林他们就拿你没办法了。"

王得胜说："不，要跑我们一起跑！"

老阳头说："税票和税款要紧，这是志国拿命换来的，你快走呀！"

是啊，税票千万不能落入敌人的手里。这是冯所长经常对同志们说的话。可是,他王得胜也不能扔下战友一个人跑呀!见王得胜还在迟疑,老阳头说:"难道你想让志国白死?你赶快去蒋家边报信,快走呀!"

老阳头推了王得胜一把,拎着枪转身朝何三金他们迎了上去。王得胜一咬牙一跺脚,朝不远处的树林跑去。

王得胜跑进了树林,只听身后一声巨响,然后听到一阵鬼哭狼嚎。王得胜知道,定是老阳头拉响了身上的手榴弹。爆炸声过后,一切归于平静。

王得胜跑回到蒋家边时,天已经大亮。这时,爷爷带着大家在学校操场上操练。见王得胜一脸血地跑来,大家一下子围了过来。王得胜见到冯三贵和爷爷他们,"哇"地哭出声来,直哭得地动山摇,恨不得把一肚子的悲伤全倒出来。爷爷虽知道出了大事,但不知具体发生了什么事,故而催王得胜快说。于是,王得胜边哭边将发生的一切向我爷爷和战友们讲述了一遍。

爷爷带着护税班的全体战士,拼了命地往赤膊垄赶。等赶到赤膊垄时,何三金已经离去。他们临走前还杀害了王春生夫妇,并且一把火烧了王春生的家。后来村里人告诉爷爷他们,保安队抬着牺牲的老阳头和刘志国的遗体回县城邀功去了。村里人还说,昨晚那一仗,保安队也死了两个人,还伤了好几个。

王得胜抱着父母的尸体,哭得死去活来。他发誓要找何三金报仇雪恨。

老阳头和刘志国的牺牲,令郑重和商群悲痛无比。他们把税务员召回到根据地,要大家好好总结这次教训。

会上,郑重说:"同志们,无论在什么情况下,我们都不能有丝毫的大意,不能有一点点马虎。一个小小的疏忽,都极有可能被敌人抓住,酿成大祸呀!"

这一次的总结会上,洪明远、冯三贵、爷爷等人都认真做了检讨,表示一定会吸取教训。

最后,郑重安慰大家:"革命免不了牺牲,但我们要将牺牲降到最低。只有保全自己,才能更好地与敌人斗争。"

21

爷爷为两位战友的牺牲以及王得胜父母的遇害,难过了好长一段时间,内心无比自责。他觉得他们的死,自己这个护税班班长有很大的责任,是他没有做好工作,没有提醒他们要保护好自己。他认为何三金就是汪小非派来专门跟自己作对的,阴魂不散。他认为,如果不把何三金做掉,迟早还是个祸害,说不定哪天还会给税务员带来更大的麻烦。

一开始,爷爷想将杀掉何三金的想法告诉冯三贵,然后与他商量具体对策。后又一想,如果将这想法告诉冯三贵,他肯定不会同意,他会觉得这样太冒险,甚至还会请示商群支队长或者郑重书记。如果支队长和郑书记不同意,这事就得泡汤。何三金这人心狠手辣,害人的手法跟他老子何满贯相比,有过之而无不及。如果不将他除掉,他还会做更多的坏事。爷爷独自思考了好长一段时间，决定先斩后奏。

爷爷回到家，把他的想法告诉奶奶。奶奶听后，一拍大腿，当即就表示支持爷爷这么做。

奶奶说："你是个男人，是个男人得有担当。老阳头和刘志国是你手下的兵，他们不能这么稀里糊涂地死去，他们死得冤。这件事同志们虽然没有批评你，那是他们爱护你，怕你有想法，怕你出危险。不管你做出什么决定，我都支持你，但你要记着，你一定要活着回来，不能让闺女和没出世的儿子没有老子。"

奶奶的一席话，让爷爷彻底下定了决心。他明知道自己要做的事是去送死，但也要去做，一定要进城去把何三金除掉，不能让老阳头和刘志国两人白死。

这天，爷爷把张梅生叫到一旁，将自己的想法告诉了张梅生。爷爷说："弟呀，这事只有你一个人知道，你哥对谁都没说。这一段时间里，你哥心里憋得很呀，日本鬼子没赶走，还白白断送了两位同志的性命。这次要是不把何三金除掉，我怎么对得起志国和老阳头啊？"

张梅生一听，拍着胸脯说："小表哥，我跟着你干。小表嫂说得对，我们男人就要有担当，我们张家和你们欧阳家都被日本鬼子祸害了，现在这些狗汉奸又帮鬼子祸害我们的战友，这个何三金不除，后患无穷。小表哥，俗话说得好，打虎亲兄弟，上阵父子兵，咱们表兄弟把何三金这个狗汉奸除了给战友报仇雪恨！"

"好，小表哥要的就是你这句话。"爷爷想了一会儿又说，"这两天你好好想想，在心里好好琢磨琢磨这事。琢磨好了，你就进城一趟，把何三金的情况打听清楚,然后回来告诉我。记住,这事你对谁都不要说,知道的人越少越好。"

张梅生说:"包括冯所长也不能说吗?"

爷爷说:"你若跟他说了,这事肯定做不成。这是踩刀尖的事,等于是把头挂在裤腰带上,知道的人越少越好。何况你我此次要对付的是何三金,何三金不比李延寿,他在县城深耕多年,保安队的人又多,没那么容易下手。"

张梅生见爷爷说得这么严肃,便认真地说:"行,我听小表哥的,保证不对外人透露半个字。"

在爷爷和张梅生的策划下,一个刺杀汉奸何三金的计划浮出水面。

这天,张梅生向冯三贵请假,说回家看看老娘,顺便把家里的田地耕一下,然后种点什么。冯三贵见张梅生确实有好多天没有请假回家,便准了他的假。

张梅生回了趟家。他先将家里的柴火准备得足足的,然后又将水缸装得满满的。这一次进城,他做好了赴死的准备和决心。正如小表哥说的那样,何三金不是别人,他是保安小队长,也是便衣队长,与他打交道的多是三教九流的人物。这样的人狡猾呀!自己的行动稍有不慎,便会招来杀身之祸。

第二天一早,张梅生匆匆地弄了一些吃的,便告别姆妈挑着一担柴火出门。出门前,他顺手将墙上的两只野兔取了下来,这是他头天晚上专门用陷阱逮到的,进城会用得上。这一次,张梅生在县城待了两天,装成卖柴人边四处走动,边打听何三金的住处和行踪。只有把何三金的行动规律摸清了,才能顺利除掉他。

这天,张梅生拎着两只野兔来到了丁家渔馆。丁家渔馆坐落在南岭脚下,老板叫丁祥福,与张梅生认识多年。张梅生在参加游击队之前,经常来给丁祥福的渔馆送柴火。也正是因为经常来送柴火,张梅生才和丁祥福混熟了,也才知道丁家渔馆是何三金经常来吃饭的地方。张梅生打算借与丁祥福谈生意的机会,侧面了解一下何三金的情况。

张梅生进店时,丁祥福正在与客人说话。张梅生没打扰他,只是将两只野兔扔在丁祥福跟前,然后去厨房后面的柴场看看还有多少柴火。这是送柴火人的习惯,先了解店家还有没有柴火,然后再开口跟人家谈生意。如果人家柴场堆满了柴火,这事就免谈了。这次送两只野兔给丁祥福,也算是先送一个见面礼。因为张梅生许久没与丁祥福做生意,此举也算是表明自己没有忘记这个老熟人。

张梅生到店后的柴场看了下,柴场的柴火并不多,显然烧不了多久。张梅生心中窃喜,正好找一个与丁祥福谈生意的理由。他在后厨转了一圈,估计丁祥福和客人说得差不多了,便朝前厅走去。

张梅生来到前厅,客人刚刚离去。见张梅生进来,丁祥福指着地上的两只野兔说:"老弟,你这是做什么?"

张梅生说:"好久没来看丁老哥,今日进城送柴火,顺便送两只野兔给老哥。"

丁祥福乐呵呵地说:"老弟还是这样爽快,尽管多时未见,性格还是一点没变。"

张梅生说:"江山易改,本性难移呀!我这人就跟你丁老哥一样,这一生就喜欢与老实人打交道。"

丁祥福说:"正是正是,人还是要本分一些好。"

两人正说着闲话,洪武和一个便衣队员走了进来。洪武的鼻子少了鼻尖,多了一块疤。那鼻尖是上一次被老刘的手榴弹炸没的。

洪武一进门就说:"哎,我说老丁,还有没有包厢?"

丁祥福一见洪武,赶忙迎上前去,说:"有,有,洪队!"

洪武说:"是这样的,何队长让我前来订个饭,明天晚上要在这里请坂田大佐和小非大队长吃饭,你给我好生准备准备,其他什么客你都不要接。"

丁祥福赶紧回答:"一定,一定,除了你们,就算天王老子来,我也不接。"

洪武看了看店里的环境,又说:"一会儿给我们准备一个包厢,我们几个在这里玩一把,晚上在这里吃点便饭,饭钱你就记在明天的账上。"

丁祥福说:"洪队不是在打我脸吗?难道我丁祥福这么没见过钱?今天算我请客,往后的生意还托洪队和各位长官关照呢!"

丁祥福边说边将洪武往包厢里请。洪武抬脚便碰到了地上的兔子,他乐呵呵地说:"这是道好菜,晚上就把两只兔子烧了。不瞒你说,兄弟几个肚子早就空了,好久没吃过野味,你好生烧!"

丁祥福故意说:"不留给何队长他们了?"

洪武一听，显得有些为难起来，说："这个，哎呀呀，你自己做主吧，你就当我没说！"

见此情景，张梅生立即有了主意。他赶紧上前说："老哥，不就是两只野兔子嘛，老总喜欢吃，你就遂了老总的心愿。你好生烧，老弟晚上回去再去逮两只，明早送来就是，保证不误你的事。我们乡下别的没有，野兔到处都是，只要勤快，随时都可以逮到。"

洪武转身看着张梅生，觉得这小伙子说话中听，不由得心生好感。洪武对丁祥福说："你看看这老弟，脑子就是活络，一句话就说到点子上了。不就是两只兔子嘛，叫这老弟明天再送来就是，赶紧去烧吧，去烧吧！"

丁祥福将洪武送到包厢，然后又叮嘱张梅生千万别忘了明天的兔子，既然洪武说了，那就一定得准备。张梅生让丁祥福尽管放心，说不会误了丁老哥的大事。

张梅生盼的就是这个机会！从丁祥福的渔馆出来，张梅生没敢停留，他必须赶紧将情报告诉给我爷爷，然后还要想办法搞两只野兔。张梅生来到蒋家边村外，他没有直接进村，他怕所里的人知道他回来了，然后问他这两天在家做什么，他怕自己一不小心说漏了嘴。张梅生躲到村外的树林里，等一个信得过的人给爷爷带话。他在树林里躲了一会儿见没人路过，便悄悄地溜进了爷爷家里。

这会儿，奶奶正准备淘米做饭，见张梅生进来，便放下手里的活问张梅生："打听清楚了没有？"张梅生才知道我爷爷将事情告诉了奶奶。张梅生没直接回答奶奶的话，而是叫她赶紧去把爷爷叫回来。奶奶告诉张梅生："你小表哥他们这两天外出收税去了，没回学校。你也莫急，既然你小表哥跟你约好了，他肯定心里有数，说不定一会儿就会赶回来。"

张梅生觉得奶奶说得在理，便安心地在这里等。不一会儿，只听外面传来"咚咚"的脚步声，张梅生知道，这是小表哥走路的声音。

爷爷进了门，见张梅生在家里，没等屁股落凳，便问张梅生："怎么样，打听清楚没有？"

张梅生说："何三金明晚在丁家渔馆请客吃饭，我想在那里直接干掉他。"

爷爷问："请人吃饭？都请的什么人？"

张梅生说："请坂田和汪小非他们。"

爷爷说："你说得轻巧，日本人和汪小非在那里，人家肯定戒备森严，你下得了手？你把事情跟我详细说说。"

张梅生说："你先坐下，听我慢慢说。"

爷爷坐下，这会儿奶奶给爷爷端来一杯茶，爷爷接过茶杯一口气便喝干了。张梅生当着奶奶的面，将事情的经过一五一十向爷爷讲述了一遍。

最后，张梅生说："现在有两个问题。一是你明天怎么进城？现在进城查得很严，武器根本带不进城。二是我答应丁祥福给他弄两只兔子，现在天都黑了，上哪里弄兔子去？"

爷爷说："我刚回来的路上，看到烈坤拎了几只兔子和野鸡，他手上还拿着夹子，我去跟他要。现在关键是明天怎么进城。"

张梅生说："是呀，我明天可以挑柴进去，关键是你怎么进去，还要把枪带进去。"

奶奶说："三哥这两天不是要送油去县城吗？你就让三哥让你送。"

爷爷一拍大腿，兴奋地说："这是个好主意，我怎么把这事忘了。梅生，走，现在就去三哥那！"

奶奶说："饭快好了，吃了饭再去吧！"

我爷爷说："忙完了再回来吃，三哥那边还要准备呢！"

我爷爷说完，拉着张梅生就往外走。

22

爷爷和张梅生来到油坊，三爷爷正在碾坊里跟伙计说事。三爷爷见四弟和小表弟这么晚来油坊，猜他们肯定有事找自己，于是带着两人来到自己的房间。坐下后，爷爷一股脑地将自己的计划和表弟搞来的情报向三爷爷和盘托出。然后，爷爷说："事情就是这么个事情，我想明天替三哥送油去县里。"

三爷爷想了一会儿，然后说："行吧，一会儿我就安排下去，让他们明早装油。"

三爷爷说完，又看了张梅生一眼，说："小老表，三表哥对不起你，我们家的事，不该让你来蹚这摊浑水呀！"

张梅生知道三爷爷想说什么，赶紧说："三表哥，话不能这么说。

这事怎么能怪你们欧阳家,难道你忘了你姑爹张敏之是怎么死的吗?"

三爷爷轻轻地摇着头说:"这事怎么能忘呀!只要眼睛一闭,眼前就是那个场景,不能忘呀!"

张梅生说:"所以三表哥不要自责。就算小表哥不拉我入伙,我也会去找日本鬼子报仇。姆妈跟我说,我不能让大表哥和我爹白死,说这都是日本鬼子造的孽,我出来打鬼子杀汉奸,是我自己的事,跟谁都没关系。"

三爷爷说:"小表弟能这样想固然是好的,可是,你们当下做的那些事,都是在闯鬼门关呀,闯了一关又一关。万一有个什么闪失,我们对不起姑妈和姑爹呀!"

张梅生说:"三表哥,你不用担心我,我吉人自有天相。我和小表哥在前方杀敌,你在家里安心做生意,把钱赚得足足的,等打跑了鬼子,你就出钱给我讨个好媳妇。"

张梅生的一席话,把爷爷和三爷爷说笑了。

这晚,张梅生没敢在蒋家边歇息,他连夜便赶回大山张去了。第二天一早,张梅生挑着一担柴去县城。他的扁担头上还挂着几只兔子和野鸡。这兔子和野鸡是我爷爷昨晚找同村的欧阳烈坤要来的。

第二天一早,爷爷向所长冯三贵请了假,说帮油坊送油去县城。冯三贵准了假。

爷爷事先将他们的武器用油纸包了一层又一层放进了油桶,然后再往油桶里灌油。油灌满后再钉上盖子。吃过早饭,爷爷和田得宝赶着牛车去县城。中午,两人赶着牛车来到了城门前。

彭泽县城的东门建在东岭头上,东岭在观音山的半山腰。南门最高,建在南岭头上。彭泽人有句口头禅:"站在南岭头上骂知县",意思是南岭头地势高、风大,骂知县的话半路上多被大风刮走,知县是听不到的。也就是说,你说话没什么用,骂了也等于白骂。

西门在西山庙旁边,那一带有粮库,有五柳书院和天主教堂,算是文化中心。北门临长江,也是县城最为热闹的地方。人们进城出城,大多走的是北门。那里有码头,有茅屋街,有妓院和各种娱乐场所,是商业和娱乐中心。茅屋街后面的观音山上,建有关公庙和二云楼。二云楼是后人为纪念陶渊明和狄仁杰两位先贤而建。楼名取自陶渊明的《停云》以及狄仁杰的《望云思亲》中的云字。

我爷爷和田得宝走的是北门,他们没有花什么精力就进了城门。北门口有一个站岗的伪军叫马得宝,五十来岁。我爷爷在参加商群的队伍前,有一次和田得宝送油进城,遇到马得宝值班,马得宝在查看田得宝的良民证时,看得特别认真。他边看边笑,笑得口水都从嘴角边流了出来,然后上下打量田得宝,说:"我叫马得宝,你叫田得宝,我这是自己查自己。两宝贝碰一起,这是一对活宝。要说,我俩还真是有缘人啊!"

在那种场合,马得宝的那几句话,说得爷爷和田得宝特别暖心,好像他乡遇故知一样。回到家,田得宝将这事说给三爷爷听,三爷爷就留了心。三爷爷在第二次送油进城时,特意叮嘱田得宝,别忘了带一壶香油送给马得宝。

当时爷爷不理解,说凭什么送油给一个守门的人。三爷爷说:"那是为了日后进城办事方便。说不定哪天人家就帮得上你。"

爷爷真是没想到，两年前三爷爷让田得宝送去的那壶油，在今天还真就派上了用场。

这天，马得宝见爷爷坐在牛车上，便主动上前跟爷爷打招呼。他乐呵呵地说："四老板，亲自送油呀！"

爷爷见马得宝主动跟自己打招呼，赶紧跳下车朝马得宝施礼。马得宝连看都没看车上的油桶一眼，就拉起栏杆直接放爷爷的牛车进城。

进了城，爷爷和田得宝先找了一家小饭店吃了饭，然后去东岭脚下的胡记粮油商行交了货。交完货后，两人在丁家渔馆附近找了一家旅店住下来。这家旅店是大爷爷、三爷爷和爷爷他们送货进城常住的旅店，老板跟爷爷很熟，每次住都会打折。爷爷让田得宝在旅店里休息，说自己出去转一圈，要是有人问起，就说四老板有事出去了。跟田得宝打完招呼，爷爷走出了旅店。

大街上人来人往，甚是热闹。原来一些出城躲避战火的人，大都回来了。爷爷无所事事地在街上闲逛，在一个小摊前买了几本小人书，准备带回家给他的闺女和侄子们看。爷爷很喜欢看书，太爷爷的那些线装书几乎被他翻遍了。

爷爷在街上这么闲逛了一会儿，然后拎着几本书，按照张梅生提供的方位往何三金家逛去。

何三金的家在西门附近，也就是粮库附近。那里离他上班的保安大队很近，平时没什么事，何三金大多时候是走路去上班。走路时，何三金喜欢袒胸露腹,迈着方步,故意将短枪拷在肩上,一副耀武扬威的样子。要是有急事,他也会踩着脚踏车去上班。他踩脚踏车,会故意踩得飞快,吓得小孩和老太太们纷纷躲开。那时候的脚踏车很笨重,撞上人会将人撞个半死。私下里大家都骂他:不就是日本人的一条狗吗?

何三金有一个大老婆和一个小老婆,大老婆带着孩子住在乡下的老家新屋何家。由于坏事做得太多,何三金生怕有人找他报仇,便和小老婆住在城里。小老婆是何三金从妓院里带出来的,叫胡小仙。有人说胡小仙接多了客,以致一直怀不上孩子。何三金心想,胡小仙也许天生就是一只不会下蛋的母鸡。不生就不生吧,反正自己不差儿也不差女,这样自己也落得自在。

爷爷认真地察看了一下何三金家附近的地形,从旁边的梧桐树上翻进何三金家里应该不是问题。到时候自己一个人进去,让张梅生在外接应。凭自己的身手,做掉何三金也不用花很大的力气,何况何三金今晚一定会喝多,人一喝多酒,就没多大的反抗能力。像何三金这种畜生,多留在世上一天就多祸害一个人。

现在,爷爷心里盘算的是,如何处理何三金的小老婆。何三金虽然恶贯满盈,但胡小仙是无辜的!这是一件令我爷爷感到头疼的事。还有,如果万一失手惊动了城里的敌人怎么办?从什么地方撤退?撤到什么地方去?这些都需要考虑周全。

爷爷也曾想到过城里的地下党组织,但他并不想惊动组织。他认为老阳头和刘志国的死是自己失职造成的,这个仇必须由自己来报。

哪怕事后受到部队的处分，他都愿意接受。他现在想的就是如何把何三金干掉。

爷爷就这样在县城里转悠，在心里捣鼓了十几个方案。怎样进何三金家里，怎样从何三金家撤出，怎么从城里撤退，他都有了详细的计划。然后，他回到旅店里。

张梅生进城后，挑着柴火直接来到丁祥福的渔馆。看到张梅生送来的野兔和野鸡，丁祥福一个劲地夸张梅生说话算话。丁祥福说："梅生呀，像你这样不误事的后生不多呀。你看，不仅送来了兔子，还带来了野鸡，这样我又多了一道大菜。你不知道，何队长隔三岔五来我店里吃，店里的那些菜他吃腻了，我又不知给他换什么口味，正好你就送来了。"

张梅生说："出门的时候，正巧碰到人家手里拿着两只野鸡，我想丁大哥肯定用得上，就带来了，说来也就是个顺手的事。"

丁祥福说："这不是顺手的事，这是老弟你有心。虽然你有一阵子没给我送柴火了，也不知你做什么大生意去了，但从今以后，我家店里的柴火包给你了！"

张梅生连声说："好嘞好嘞，那是丁大哥看得起老弟，老弟一定给您送上好的柴火。"

两人客气了一番，丁祥福去忙晚上的菜，张梅生则拿起柴刀在后院帮丁祥福劈起柴来。那些砍不动的粗柴，张梅生就用斧头劈成一块块的，然后把柴靠墙边一排排地堆好。那一排排堆好的柴火，让丁祥福看得满心欢喜,坚持要留张梅生在店里吃了晚饭再回,这正中张梅生下怀。

眼看着与爷爷会面的时间到了,张梅生去前堂告诉丁祥福,说自己出去办点事。丁祥福说:"那你晚上过来吃饭,我俩喝一杯。"张梅生满口答应。

张梅生来到旅店与爷爷见了面。爷爷叫田得宝去外面望风,说他与小表弟商量点事。田得宝提着烟袋出了旅店。他看似蹲在旅店外抽烟,实则是观察旅店周围来了什么人,发生了什么事。别看田得宝是一个赶牛车的伙计,可他精着呢,知道四老爷这次进城不是为了送油,而是来找仇家报仇的。

虽说田得宝没参加商老四的队伍,但商老四和爷爷他们做的那些事他都支持。这么多年来,田得宝一直跟在大爷爷和三爷爷身边,知道爷爷和希明一样,做的是抗日救亡、为国为民的大事。他只是个伙计,不懂什么大道理,但他知道东家既然把自己当家人看待,他就要与东家一条心。所以,只要是东家吩咐的事,田得宝都毫不含糊。

23

张梅生将丁家渔馆的情况一五一十地说给爷爷听,说何三金晚上请客的计划没有变,丁祥福正在店里忙,洪武下午还专门来店里打了前哨,叮嘱丁祥福,千万别把菜做砸了。丁祥福向洪武保证,让他放一百二十个心,保证误不了何队长的大事。

接下来，爷爷和张梅生将晚上的行动做了详细规划，他们考虑到了每个细节，以确保行动时不出差错。分析一通后，爷爷又说，也许所有的担心都是多余的，事情并没有我们想的那么复杂。何三金喝完酒后回家睡觉，自己从树上翻进他家的后院，然后趁他熟睡时将他干掉。这样，一切万事大吉。张梅生说："如果这样当然最好。"

一切安排妥当后，爷爷见时候还早，便让田得宝赶着牛车先回蒋家边，说自己还要在城里办点事，可能明天回。田得宝本想留下来帮四老爷，见四老爷没有一点希望自己留下来的意思，也就没开口。他知道，四老爷让自己离开，是怕万一事情败露，会连累自己和三老爷。如果成功，四老爷单枪匹马撤离也会顺利很多。

田得宝离开时对爷爷说："四老爷，家伙我都放在你床底下了，出门别忘了拿！"

爷爷说："知道了，你安心回去吧！"

田得宝走后，张梅生也离开旅店回到丁祥福的渔馆。他表面上是来陪丁祥福喝两盅、拉拉关系的，实际上只为监视何三金的动向。

这世间的许多事情，说复杂其实并不复杂，有时候还真是人自己考虑多了。就说爷爷和张梅生这次进城找何三金报仇这件事，他们一开始把事情想得那么复杂，主要还是因为何三金是便衣队长，再加上进城出城都查得那么严，才以为何三金家的岗哨里三层外三层。直到我爷爷翻墙进去把何三金干掉出来后，张梅生还以为爷爷没有找到何三金，或是行动被何三金发现没有成功呢。

爷爷做梦也没想到这次的行动会这样顺利。

何三金如期将坂田和汪小非请到了丁家渔馆。大家酒足饭饱之后，在各自的安保人员的保护下离开。何三金显然喝得大醉，他是被洪武和两个手下搀扶着送回家的。张梅生提前离开了渔馆，来到与爷爷约定的地方碰面，然后和爷爷在暗处一路尾随何三金。他们看到洪武伸手叩开了何三金的门。胡小仙见何三金喝成这样，便很生气地对洪武说："我说你洪武，你怎么没劝三金少喝一些，你是不是巴不得他早死，你好早一天当队长呀？"

胡小仙的话尖酸又刻薄，洪武一下无言以对，好半天才委屈地说："小嫂嫂，冤枉呀，队长这次请的是坂田太君和汪大队长，我们这些做手下的，根本就上不了桌。我就是想劝队长，也上不了前呀！"

胡小仙听后，不耐烦地对洪武等人挥挥手，说："走吧走吧，你们都走吧，看着就让人烦。我家男人一时半会儿还死不了，明天还能继续当你们的队长。"

一席话说得洪武等人无地自容。洪武和手下愣了好半天，才将何三金交给胡小仙，然后一起离开了何家。我爷爷和张梅生看着胡小仙将何三金从门外往里拖，边拖边骂："喝去死，怎么不喝死去。"

在爷爷看来，这件事必须速战速决，最好在何三金酒醒前便将他干掉。此时，汪小非和坂田他们喝完酒刚回到家，洪武和手下还在回保安队或者去某个娱乐场所的路上，县城的鬼子和伪军戒备松懈。

爷爷想到这，低声对张梅生说："你在前门守着，我从树上翻进去，万一有情况，你不要管我，你逃你的。"

张梅生说："好，前门你放心，绝不会放一个人进去。"

爷爷转身溜到附近的一棵梧桐树下。只见他掏出一块黑布蒙在脸上,然后快速地朝树上爬去,接着纵身一跃,便落到了何三金家的后院里。爷爷落地后,没有马上进入屋内,而是躲在一棵树后观察着屋内的动静。

这会儿,何三金的小老婆胡小仙正端着一盆脏衣服从屋内走到院子里,显然是从何三金身上扒下来的衣服,在不远处都能闻到一股浓浓的酒味。趁胡小仙从水井里打水的工夫,爷爷悄悄地溜到窗户边听着屋内的声音,只听见何三金鼾声如雷。

不一会儿,我爷爷看到胡小仙拎着一桶水进了厨房。他决定利用这个绝佳的时机速战速决。

爷爷没有丝毫的犹豫,猫着腰悄悄地溜进了何三金的家里,然后顺着呼噜声进了何三金的房间。此时的何三金正光着膀子躺在床上,身上只搭了一床被单。爷爷想都没有多想,一个箭步冲上前去,快速从腰间拔出了匕首,伸出左手捂住何三金的嘴,然后将匕首朝何三金的咽喉抹去。

爷爷使劲捂住何三金的嘴,不让他发出任何声音来。何三金挣扎了一阵,最终连哼都没哼出一声便断了气。爷爷见何三金已死,便将匕首上的血在床单上擦了擦,然后原路返回。

爷爷这一连串动作干净利落,神不知鬼不觉。他来到张梅生的面前时,张梅生还以为事没做成,试探性地问:"黄了?"

我爷爷拉着他说:"走!"

张梅生说:"你先说,做了没?"

我爷爷说:"做了!"

张梅生说:"这么快？你是杀个人还是杀只蚂蚁？"

爷爷没理他,只是快步走。张梅生见状,便快步在后跟着。张梅生万万没有想到,小表哥做得如此干净利落。那会儿,张梅生还在心里嘀咕:如果何三金醒了酒怎么办,小表哥一个人对付得了他吗？何三金毕竟也是行伍出身,是保安小队长。一个当保安小队长的人,总会有两下功夫。还有,如果被胡小仙发现怎么办？她一定会发出尖叫声。如果小表哥暴露了,自己断不能先行离开。

所有这一切,虽然两人之前都曾考虑过,但现在可能真的会面临这样的结果。张梅生心想,小表哥这么信任我,这么重要的事只告诉我,并让我与他一起行动,我誓要与他同生共死。张梅生正想这些事的时候,小表哥就来到了他的跟前。

爷爷带着张梅生由事先设计好的路线来到西山庙附近的城墙下面,这里很少有人来,就连哨兵也很少巡逻至此。因为从这里翻过去是镜子山,镜子山是那种青石山,山体像镜子一样光滑,一般人很难从山的一面翻到另一面去。所谓越危险的地方越安全,爷爷才选定从这个地方离开县城。

两人用事先准备好的攀爬工具很顺利地越过城墙,然后翻过了镜子山。过了镜子山,两人一刻也不敢停留,快速地朝蒋家边方向赶去。

何三金被杀,成了一宗谜案。坂田和汪小非怎么也不明白,杀手是怎么在胡小仙的眼皮底下杀死何三金的,并没留下一点痕迹,真的是来无影去无踪。当晚,警察大队、保安大队几乎将县城翻了个底朝天，也没发现可疑之人。汪小非甚至怀疑，何三金的死是胡小仙勾结情人干的。汪小非在胡小仙面前旁敲侧击，试图从胡小仙的话里找到一些蛛丝马迹，最终却是一无所获。

杀了何三金后，爷爷一再告诫张梅生，千万不要将这次事透露给任何人，以免部队责怪下来，说我们税务人员不遵守纪律，擅自行动。自己受罚事小，还牵连了冯三贵所长。爷爷说："如果你走漏了消息，以后有再好的事也不带你去做。"张梅生表示绝不说出去。

见表弟向自己表了决心，爷爷这才放下了心。

何三金死后，洪武如愿以偿地由小队副转为小队长。洪武接过前任何三金的担子，专门针对新四军税务员。人们经常看到他带着一帮便衣，踩着脚踏车四处闲逛，弄得乡村鸡飞狗跳，乌烟瘴气。也正是因为洪武的转正，让许多人在私下认为，洪武这人太阴险毒辣，为尽快当上小队长，居然雇凶谋害了自己的顶头上司何三金。

对于何三金被害这件事，胡小仙表现得相当激动。她一口咬定是洪武所为，以至何三金死后的第二天，她就跑到汪小非办公室说，洪武巴不得何三金早死，他就能早一天坐何三金的位子。她认为，只有熟悉她家情况的人，才能进入她家，然后悄无声息地进房间将何三金杀掉，洪武无疑是嫌疑最大的人。

胡小仙还说："我家三金没死之前，这个洪武三天两头往我家里跑蹭饭吃。昨天晚上，也是他送我家三金回的家，除了他还能有谁。"

汪小非劝胡小仙说："你这些无头无脑瞎猜测的话不要到处乱说，

传到外面不好。三金死了,你一个女人家不要给自己招惹是非。"胡小仙不听汪小非劝,依然见人便说洪武的坏话,说是洪武雇人谋害了何三金。假话传了三遍就成了真话。一时间,外人都在传,说是洪武为当上队长雇人谋害了何三金,搞得洪武一出门就被人指指点点。为堵住胡小仙这张四处放屁的嘴,洪武在当上小队长的第二天,就命手下给胡小仙带去话,说她要是再四处造谣生事,当心有人割了她的舌头,然后把她扔进长江里喂鱼。

洪武的这一招还真管用,胡小仙再也不敢四处乱说了,她知道何三金死后,再也没人给自己撑腰。过了一阵子后,她又回到原来的妓院干起了老本行。

洪武一个人没事时,就坐在办公室里摸着那个没了鼻尖的鼻子,越想越恨得咬牙切齿。他恨新四军游击队,如果不是那个老刘扔的那颗手榴弹,他的鼻尖就不会被炸掉,以致现在常被人嘲笑。洪武暗暗发誓:你们让我破相,我也不会让你们好过,咱们走着瞧。

为在汪小非的面前有所表现,洪武像何三金一样,每天带着穿着便衣的手下四处寻找新四军税务员,凡是他认为可疑之人,就抓起来严刑拷打。有人经不住拷打,便随口乱说,说自己在什么地方看到新四军的税务员在收税,还有谁向新四军缴了税。他们的信口雌黄连累了那些被"点名"的商人。洪武将这些商人统统抓来拷打审问,直到有人前来作保,才将他们放出。洪武这一招的确狠,吓得商人们见到新四军税务员前来收税就躲。

自从税务经征处成立以后,冯三贵和爷爷他们的主要任务便是深入敌占区收税,根据地的税收由郭桥和柳墅税务所负责。为从敌占区收更多的税,冯三贵与爷爷商量,决定将税务员和护税员分成三个组,冯三贵、汪定江和爷爷各带一个组。爷爷一组负责征收县城至庙前街一带的行商税,冯三贵一组负责县城至马当沿江外一带的行商税,汪定江一组负责沿江内一带的行商税。税款达到一定的数额后,自行往根据地送。大家商定,每隔五天在蒋家边背后学校集中一次汇报工作。

这天,爷爷和张梅生保护税务员王得胜在流泗一带收税。一位路过的小贩说,有位客商以一百担皮棉从景德镇换回了一批瓷器,这批瓷器正往县城运。爷爷一听,便征求王得胜的意见,问他要不要去找这位商人收税。王得胜说:"这可是一宗大税源,千万不能漏掉。"爷爷一听,立即带着张梅生和王得胜前往追赶。他们在半路上拦住了这位客商,并征了他的行商税。

征完这位商人的税后,爷爷让王得胜将这几天征收的税款做了个统计,一共征了五万余元。爷爷与张梅生、王得胜一商量,觉得背这么多税款在身上不安全,决定立即将这笔税款送往大树陈根据地。

为避开便衣队的搜捕,将税款安全地送到根据地,爷爷决定不走之前经常走的老路,而是从宋家嘴过太泊湖。为安全起见,爷爷像以往一样,将税款全塞进自己衣服的夹层里,然后又重新缝好。做完这些,他便带着张梅生和王得胜朝宋家嘴方向走去。

24

这是一个阳光明媚的春天。赣北彭泽县境内的某条乡间小路上，行走着三个神采飞扬的年轻人。他们是新四军长江支队彭泽税务所的战士欧阳国强、张梅生、王得胜。三人身穿便装，肩挎布包，脚穿布鞋，步伐矫健地行进着。他们此行的任务，是将五万多元税款送往大树陈新四军长江支队队部。

由于所里提前超额完成了经征处这个月下达的税收任务，大家的心情都非常愉悦，一路上有说有笑。爷爷一路上不停地唱着山歌，唱的是那种情歌。张梅生笑他，笑他一定是这几天在外收税想小表嫂了。

张梅生说："小表哥，你要是想我小表嫂，送完税款，我们就直接回蒋家边，跟小表嫂亲热完再出去收税。"

我爷爷一脸幸福地说："现在还不能回家亲热，送完这笔税款，冯所长又要安排下一步的工作。完成上级下达的任务，只是我们当前工作的目标。我们的终极目标是将日本鬼子赶出中国。等打跑了小日本，再和你小表嫂好好亲热。"

"到了那时候，你就搂着小表嫂天天唱山歌。"王得胜也兴奋地说。

爷爷看了王得胜一眼，然后乐呵呵地说："你还是个童男，还不懂这些！"

张梅生说："怎么不懂呀？你别小看得胜，人家早就是大人了，是新四军战士,是税务员!"

爷爷说:"对对对,是我错了,我错了!"

张梅生和王得胜又吵着要我爷爷唱歌。我爷爷也正在兴头上,于是又乐呵呵地唱起了山歌,这回他唱的是一首叫《梳油头》的山歌。爷爷张口就来:

> 太阳出来满山红,
>
> 三个大姐梳油头。
>
> 大姐梳个龙摆尾,
>
> 二姐梳个凤凰头。
>
> 只有三姐不会梳,
>
> 梳个狮子滚绣球。
>
> 一滚滚到长江去,
>
> 拦得长江水不流。

大家就这样一路兴奋地往前走。走了一阵,在快接近宋家嘴的地界,三个人突然发现,从对面的弯道处拐出一群人来,这群人正迎面走来。张梅生定睛一看,认出为首的竟是洪武,他们有十来个人。与此同时,洪武等人显然也看见了爷爷他们,于是加快脚步朝这边走来。

张梅生想,自己和洪武在丁祥福的渔馆见过面,两人还说过话。此时,若被洪武认出,后果将不堪设想。可是,躲已经来不及了。张梅生着急地说:"洪武来了,我俩在县城见过面,怎么办?"

"以此人的性格,他不会放过任何一个可疑的线索,定会对我们搜身!"爷爷说。

"现在跑肯定来不及,看来只能硬上。"张梅生说。

"我们人少,必须先下手为强!"王得胜说。

"只能这么做,把他们打蒙再说!"爷爷说。

"税款在你身上,我和得胜把他们引开,你想办法脱身!"张梅生说。

爷爷毫不犹豫地说:"就这么定! 准备战斗!"

爷爷说完,朝着洪武的便衣队迎了过去。三人做好了随时战斗的准备。

最近,洪武每天带着他的便衣队在各地乱窜,四处打探新四军税务员的行踪。他们有时把脚踏车集中放在村公所里,然后扮成行商或者小贩引诱新四军税务员出现。有一次,王得胜和张为民两个年轻的税务员差点上了便衣的当,正准备跟着便衣去取税款,幸亏老队员汪定江及时发现,迅速转移。

这一次,洪武也是将他们的脚踏车放在村公所里,然后带着便衣队往宋家嘴一带寻找税务员。洪武万万没想到半路上还真与新四军税务员遇上了。

便衣们拐过一道弯,突然发现三个挎着包的年轻人迎面走来。便衣们的眼睛一下子亮了,立即认定是新四军的税务员。一个便衣立功心切,掏出枪就想动手,被洪武一把按住。洪武叮嘱他切不可贸然行动,等三人走近了再动手不迟,这次一定要抓活的。洪武万万没想到,爷爷他们早有了防备,更没想到被新四军税务员打了个措手不及,还伤了两个手下。

　　眼看要与洪武的便衣队相撞，我爷爷突然喊了一声："打！"

　　随着一声令下，三人同时掏出手枪朝便衣队射击。突如其来的打击，一下子把洪武和便衣们打蒙了，他们本能地趴在地上还击。有几个便衣站起来想冲，却被王得胜的手榴弹炸趴下。趁洪武和便衣们乱成一团时，张梅生带着王得胜边打边往来时的方向跑。爷爷则顺着一条地沟往宋家嘴方向跑去。此时，爷爷的心里只有一个念头：无论如何也要将税款送到大树陈根据地。

　　爷爷弓着身子顺着地沟朝前跑。跑了一阵，身后的枪声依然在断断续续地响。他知道，这是张梅生和王得胜在将便衣们往来时的方向引。爷爷趴在地上，悄悄地探头朝身后望去，远远地看见洪武带着便衣朝张梅生追去，越追越远。爷爷虽然担心张梅生和王得胜的安危，但他不敢停歇，因为身上背着税款，担心便衣队杀个回马枪。爷爷站起身，继续往前跑。

　　跑到宋家嘴，爷爷想找一条船过河，沿着湖岸找了一大圈也没有找到。他心里急呀！但他知道，一定是洪武下令将船收起来了。无奈之下，爷爷抱着一根竹子跳进了太泊湖，然后奋力朝对岸游去。

　　爷爷游到对岸后，感觉整个人都累瘫了。他先在岸边躺着休息了一会儿，等恢复了一点元气再爬起来往前走。来到一个向阳的地方，爷爷将身上的衣服脱下来拧干水，然后又穿着湿衣服继续往山里走。走了很长一段路，才见前面山脚下有几户人家，一位大叔在自家门前劈柴。爷爷决定去那里休息一下，烘烘衣服。过了太泊湖，便是新四军根据地,爷爷再也不用担心遇上日伪军和便衣队了。

爷爷走到劈柴大叔身边,劈柴大叔手握斧头,警惕地打量着眼前这位肩挎布包、浑身湿透的人。大叔问:"你找谁?"

"大叔,你看我这一身湿透了,想在你这烘烘衣服。衣服烘干了我就走,行不?"爷爷说。

大叔放下手里的斧头,又仔细地盯着爷爷腰间的枪看,说:"你是新四军?"

我爷爷点点头说:"路上遇到了敌人。"

大叔问:"你从对岸游过来的?"

爷爷又点了一下头说:"是的,游过来的。"

大叔一听,赶忙将爷爷往家里迎。大叔跑进房间,拿出一身衣服对爷爷说:"这是我大儿子的衣服,你赶紧换上。"

见爷爷迟疑,大叔接着说:"不瞒你说,我家老大以前也是新四军,跟着商老四打鬼子。"

爷爷一听,便不再犹豫,赶紧去房间将身上的湿衣服换了下来。爷爷拎着湿衣服从房间出来,只见一位大婶拎着一篮菜从外面回来,她好奇地打量着眼前这位年轻人。大叔告诉大婶,说这位同志是新四军。大婶一听,便笑盈盈地招呼爷爷坐,然后去给爷爷弄吃的。

这会儿,隔壁的几个邻居见劈柴大叔家里来了生人,便围过来看热闹。他们围着爷爷问这问那,一会儿问是哪里人,一会儿问来这里做什么。

大叔告诉他们:"人家是新四军,在路上遇到了便衣队,从太泊湖游过来的,要在我家烘下衣服,休息一会儿。"

大伙一听,不由得向爷爷竖起大拇指。他们说太泊湖水面这么宽,爷爷水性真好。

这时,劈柴大叔从柴屋里搬出干柴生起了火。爷爷边烘衣服边与劈柴大叔交流,这才知道,眼前这位劈柴大叔姓凌,叫凌实诚,他大儿子凌尚武去年上半年参加了游击队。凌大叔怕爷爷不信,特意把凌尚武的光荣证拿出来给爷爷看。爷爷一看光荣证,一下子愣住了,说:"怎么,你家老大他——"

"老大去年下半年打鬼子时'光荣'了。"凌大叔说。

"家里就你和婶吗?"

"老小和他两个姐上山砍柴去了。老大死后,老小死活要去参加队伍,说要为他哥报仇,新四军不收,说他年龄太小。"

爷爷说:"我们有规定,年龄太小了不收。"

凌大叔看着手里的光荣证说:"是呀,我和他姆妈也是这样想的,我们是烈属,更不能带头坏了规矩。我们让他在家再养两年,等把身体养壮了,再让他参加新四军。"

凌大叔的一席话,让爷爷十分感动,心想,这是多么纯朴实在的人呀,他们为了赶走日本鬼子,将自己的亲人一个又一个地送上战场。我们的国家有这样的老百姓,何愁打不败日本鬼子呢?

为让爷爷在他家里安心歇息,凌大叔说:"自从部队在山里驻扎下来后,鬼子再也不敢来这里。等衣服烘干了,养足了精神,你再去山里。"

旁边的几个邻居也说:"对对,养足了精神再走。"

看着眼前这些实在的人,爷爷的心彻底放下来了,但他不由得又替张梅生和王得胜担心起来:不知他俩现在怎么样了,有没有摆脱洪武便衣队的追捕。

再说张梅生和王得胜。

为将便衣队吸引过来,张梅生带着王得胜边开枪边往来时的方向跑。跑了一程,见将便衣队引过来了,两人跑进了身边的树林里。林子里密密匝匝,人一旦跑进去,便很难寻找。两人在树林里转了一阵后,又从另一个出口跑出。他们弯腰沿着地沟继续跑了一阵,连头也不敢抬一下。他们一连穿过几个村庄,感觉彻底摆脱了洪武的便衣队,才慢慢地放下脚步。

王得胜喘着气说:"也不知班长怎么样了?"

张梅生说:"放心吧,小表哥应该过去了。"

王得胜说:"你怎么知道?"

张梅生说:"那边没有枪声,如果洪武发现他,那边一定会有枪声。小表哥的性格我知道,宁肯站着死,不会跪着生,哪怕战死,也绝不会投降。"

王得胜实在走不动了,他看了张梅生一眼,说:"歇一会儿吧,梅生哥,我身上湿了。"

张梅生说:"那就歇一会儿,我也累死了。那边有一个水塘,我们去洗把脸,一身的泥巴。"

两人来到水塘边,看着对方一脸泥巴的脸,不由得笑起来,然后蹲下去捧着水洗起脸来。

张梅生说："都是洪武这帮兔崽子害的,差点跑断了老子的脚筋。"

王得胜扭着腰说："腰都要跑断了。"

张梅生说："还是在部队好,拿起枪跟小鬼子面对面干。哪像我们这样,为了收点税,跟做贼一样,天天躲躲藏藏,生怕碰到鬼子和伪军,见着他们,就得绕道走。"

王得胜说："话不能这么说,我们收税不也是为了打鬼子吗? 我们是部队的一部分,只是分工不一样。要是没有我们这些税务员,战士们连穿衣和吃饭都成问题,这仗还怎么打? 你的思想要赶紧转变过来。"

张梅生说："你是读书人,道理比我懂得多,我只是觉得这样太窝囊。洪武每天像猫捉老鼠一样追着我们,哪一天要好好治治洪武这个狗汉奸,让他晓得我们的厉害。"

张梅生边说边下意识地抬头朝远方望去,突然看见洪武的便衣队正骑着脚踏车往这边来。张梅生轻声地说："不好,洪武来了!"

王得胜一听,也吃了一惊,一时不知怎么办才好。张梅生当机立断:"快,快下水塘。"

张梅生说完,带头跳进水塘。王得胜一见,也毫不犹豫地跳进去。两人钻进水塘边的草丛里藏了起来。不一会儿,两人听见一阵脚踏车的声音从水塘边快速经过。又过了一会儿,附近没有了声音,两人才试图慢慢地爬上岸。见敌人走远,他们便快速离开。

25

爷爷告别了凌实诚一家,然后继续往山里赶。来到大树陈新四军根据地,爷爷先去后勤处上缴了税款,然后去经征处见洪明远。经征处的人告诉他,洪明远处长被商群支队长叫去了,说是去商量什么事。爷爷决定等商群和洪明远回来,找他们汇报工作。

爷爷独自在村子里走着,迎面碰到几个妇女抬着两箩筐布鞋去后勤处。爷爷知道,这是根据地妇女会组织妇女给新四军做的鞋。这些妇女们一路上有说有笑,就跟给自己家里的亲人办喜事一样,每人脸上洋溢着幸福的笑容。爷爷想,根据地军民鱼水情深,这是多么美好的一幅画卷啊!

爷爷被她们的幸福感染了,便站在那里认真地看着她们。一个妇女见爷爷盯着她们看,便好奇地问:"你是新来的吧?"

爷爷一时语塞,脸不由得红了起来。这位妇女见爷爷不好意思,顿时来了兴致,便提高了嗓门说:"哎哟,我说你是新来的吧。你看,还没说一句话,脸就红得跟猴子屁股一样。"

此话一出,立即招来一群妇女,她们放下手里的箩筐,朝爷爷围过来。爷爷哪见过这个场面,吓得赶紧转身跑开。身后传来一阵咯咯的笑声。

山里的女人说话就是这么野,她们根本不考虑别人的感受,她们敢做敢当,敢想敢爱,想说就说,想做就做。农闲时,几个女人在一起,若遇到一个嘴上爱占便宜的男人，她们敢扒光这个男人的衣服，让这个男人光着身子满地爬。她们不像山外的女人那样，遇到什么都要看男人的脸色行事。

自从新四军长江支队进山以后，村里的女人们便开始忙碌起来。她们不仅给战士做鞋，还主动担负起照顾伤员的任务。一场仗下来，总会有战士受伤，她们便争着将伤员往自己家里接，然后想方设法做好吃的给伤员吃。难怪伤员们都说，村民对待他们就像亲人一样。

有一个妇女叫芦花，为了给新四军伤员补身子，把家里唯一的一只老母鸡杀了，炖汤给伤员喝。接下来的几天，她给战士们又是做鞋又是洗衣服和补衣服，每天就这样忙忙碌碌地过。

有一天，村里又送来几位伤员，芦花想到家里有只又肥又大的老母鸡，便要杀鸡给伤员吃。她回到家却发现那只老母鸡不见了，满村了找也没找着。她怀疑村里来了偷鸡贼。为这事，她跑去报告村长，说村里来了小偷。村长问她家丢了什么，芦花说家里的一只老母鸡不见了。

村长迟疑了一会儿，问她："你家有几只老母鸡？"

芦花说："我家就一只芦花鸡，你知道，那鸡又肥又大，我自己都舍不得吃，要不是为了让伤员的身体尽快好起来，谁舍得杀那只芦花鸡呢？你说是不是？"

村长连连点头，说："是是是，要不大家怎么都夸你芦花嫂觉悟高呢！"

芦花说："村长，你也别夸我，一想到那只芦花鸡，我心里就难受。

我是诚心给伤员吃!"

村长又说:"难道你上次给伤员吃的不是芦花鸡?"

芦花一听,这才猛然想起这只芦花鸡前不久已杀给伤员吃了。为这事,芦花好几天不敢出门,她觉得实在太难为情了,一只鸡杀给伤员吃了,自己还满村子找,还告到村长那里。

芦花与芦花鸡的故事,在根据地被传成了一段拥军爱民的佳话。后来,郑重让宣传队将这个故事编成了一段黄梅戏,取名《芦花鸡》。在首演的那天,郑重还特意派人去把芦花请来一同观看。一时间,芦花成了根据地的拥军模范。

这一次,爷爷还在根据地听到一个有趣的故事,是一个新四军税务员与商人斗智斗勇的故事。

一个卖猪肉的屠夫,远远地看到税务员来,便将猪肉藏进旁边的茅房,等税务员走近,他就假装去附近的地里干农活。如此几次,税务员发现了其中的猫腻。为治治这个狡猾的屠夫,税务员假装等人前来缴税,故意坐在屠夫的肉铺里不走,想看看屠夫怎么处理那剩余的半边猪肉。

过了好一阵子,屠夫扛着锄头从地里回来了,税务员知道他心里惦记着那半边猪肉。这么热的天,如果不赶紧卖掉,岂不要成为臭肉?缴点税是小事,臭了这么多肉可就划不来了。税务员故意问他:"你今天又没杀猪?"

屠夫说:"没杀,这么热的天哪卖得动,卖不动啊!"

税务员"哦"了一声,然后装作什么都不知道的样子坐在那儿闭目养神。见税务员没有一点要走的样子，屠夫心里着急呀。屠夫试探地问："同志，今天不去别的地方收税吗？"

税务员说："不去呢！"

屠夫说："这么热的天，又不去收税，还不如回所里休息。你看，热得我都没敢杀猪。"

税务员说："我在这等一个人来缴税，昨天说好了，估计他路上耽误了，我再等等。"

税务员说完，又开始闭目养神。过了好一会儿，屠夫坐立不安起来。税务员知道他心里惦记着茅房里的那半边猪肉。再不拿出来卖，真的要臭了。看着进进出出、坐立不安的屠夫，税务员不忍心，于是告诉屠夫，说茅房里的那半边猪肉已帮他挪到树荫底下了。

税务员说："你把猪肉藏到茅房里，里面苍蝇那么多，你让人家看到后，谁还买你家的猪肉呢？"

屠夫见自己的小把戏被税务员识破，只得老老实实地缴了税。税务员将税票递给屠夫时说："向新四军交税，你要感到光荣。你缴的每一分税，都是用来打鬼子的，等将来赶走了小鬼子，这里面有你的功劳。俗话说，天下兴亡，匹夫有责。如果国家亡了，你还怎么经商？你想想，如果不是新四军来了，你还敢在这里卖肉吗？"

税务员的话，让屠夫感到羞愧难当。他当即表示，从今往日，一定积极纳税。从此，这位屠夫不仅自己带头向新四军缴税，还号召身边的人主动缴税。后来，这位屠夫还成了根据地纳税积极分子。开表彰会的那天，大工委郑重书记亲自给这位屠夫戴上了大红花。

晚上,洪明远带着爷爷去看了军民联欢晚会。晚会上,宣传队还演了《芦花鸡》。晚会结束后,爷爷躺在床上很有感触,他亲眼看到根据地人民的幸福景象,觉得根据地的氛围真是太好了。如果不是要收税、护税,他也想留在根据地。转念一想,正是自己在敌占区收来的税,才确保了根据地的安定和谐。这么一想,爷爷觉得自己肩上的担子更重了。

第二天吃过午饭,爷爷便来经征处向洪明远告别,说要回到自己的岗位去收税。洪明远告诉他,说商群支队长刚刚派人送信来了,让他俩一起去一趟支队长那里。洪明远还告诉爷爷,冯三贵一会儿也要去商群支队长那里。爷爷一听冯三贵所长也来了,十分兴奋,连忙问冯所长几时到的。洪明远告诉爷爷,三贵也是刚刚到,说他和汪得财一早便往根据地送税款来了。

大家在商群那里见了面。那会儿,商群正和另一位领导站在门外说事,爷爷跟商群打了个招呼后直接走进屋内。爷爷一进门,便见到冯三贵。两人虽只是短短三四天没见面,仿佛隔了许久一样,你捶我,我捶你,然后就抱在了一起。

之后,冯三贵将这几天收税的事向爷爷说了一遍,爷爷也将自己的历险经过讲给冯三贵听,爷爷说也不知张梅生和王得胜两人怎么样了。冯三贵告诉爷爷,说他俩好好的,昨晚都回到了背后学校。张梅生还让所长转告爷爷,说自己和王得胜平安无事。听到这,爷爷一颗悬着的心终于落了下来。

不一会儿,商群走了进来。商群与大家一一热情地握了手,然后向大家通报最新得到的一个消息:"昨天从城里传来消息,最近将有日本商人从南京运一批货去武汉,中途可能会在彭泽码头停留,大家看可不可以做下文章。"

冯三贵当即表示:"如果是商船,那我们就上船去收他们的税。"

爷爷说:"我同意上船收日本人的税。日本商人在中国经商,赚中国人的钱,再向日本政府缴税,他们用这些税款买武器来打我们中国人,天理不容!"

洪明远接着说:"问题是他们有几艘船,几时路过彭泽水域,船上有没有护卫,我们都得搞清楚。还有,我们怎么上他们的船?"

听洪明远这么一说,冯三贵和我爷爷就不再吭声了。怎么上船,船上有没有日本兵护送,这是个关键问题。

商群看了一下大家,说:"所以,我找你们来,就是让大家好好计划计划,想想办法。总之,要以最小的代价,换取最大的利益,我们不能打无把握之仗,需要我怎么配合,你们尽管提。"

冯三贵说:"我想再进城一趟,找时卫华同志摸清情况,然后再确定具体的行动方案。"

商群想了一下,说:"我看可行,只有做到知己知彼,方能百战百胜。此次敌人一定有所防范,你们上船收税的风险大。我还是那句话,需要我配合的地方,你们尽管提。"

洪明远说:"有支队长这句话,我们信心百倍。这一次的任务,由我亲自带队,希望支队长批准。"

商群当即拍板,同意洪明远的请求。

从商群那里出来,洪明远又把大家召到经征处进行了一番讨论。他觉得冯三贵说得非常对,先进城把消息摸准,然后再拿出具体的行动方案。最后,洪明远决定,由爷爷和他一起进城去找时卫华和城里的其他同志打听情况。

事不宜迟,说干就干。吃了晚饭后,洪明远带着爷爷连夜就往县城赶,他想在明天上班之前找到时卫华。

第二天上班之前,根据城里地下组织的安排,爷爷和洪明远在约定的地点见到了时卫华。洪明远让爷爷在外警戒。时卫华告诉洪明远,昨晚,警察大队长郭雨城把他叫了去,说大后天有一艘日本人的商船要停靠在县城码头,要时卫华的分队协助保安大队做好安全保护工作。

郭雨城对时卫华说:"你的任务也就是协助协助,万一出了什么事,有保安大队担着。有空你就带几个人去江边转转,做做表面文章。"时卫华虽然答应了,但他心里清楚,一直以来,郭雨城打心眼里看不起汪小非和保安大队,认为保安大队尽是些地痞流氓。虽然是协助,表面文章也要做足,不能在汪小非面前落下把柄,这人背后告状的本事不小。

经过与洪明远的分析,时卫华认为,上船收税之事,要见机行事,不可贸然行动,具体怎么操作,要等见到日本商船再定。时卫华让洪明远放心,说他会时刻关注日本商船的动态,一有变化,会立即通知洪明远。两人还约定了下次联络的地点和方式。

26

从县城出来，洪明远和爷爷一路上都在琢磨上日本商船收税的事。尽管以前也曾收过日本商人的税，但要登上日本商船去收税还是第一次，何况船上船下都有县警察大队和保安大队把守，万一失手，有可能全军覆没！但两人更清楚地知道此次上船收税的意义，将远大于收税本身。如果成功上船收了日本商人的税，将极大地鼓舞根据地军民的斗志，还将重重地打击日伪军的嚣张气焰。

回到蒋家边背后学校，洪明远把所里全体人员召集到一起，大家共同商讨上船收税之策。众人七嘴八舌地讨论开了。经过一番商讨，最后决定由洪明远、欧阳国强、汪定江三人上船收税，冯三贵带着其他人员做好接应工作。

转眼就到了这一天。这天一早，伪警察大队分队长时卫华早早地起了床，洗完脸就挎着枪上街例行巡视一遍。平日里，街坊邻居和小商小贩们要是起了纠纷，他就得上前调解，如果调解不好，便将他们带到分队处理。大多数时候，小商小贩们还是听他的，不想因为一些鸡毛蒜皮的事进警察大队。如果真进了警察大队，身上不掉几根毛，是绝对出不来的。

时卫华在街上晃晃悠悠地转了两圈后，便找了一个豆浆摊子喝了一碗豆浆，吃了两根油条。他见大街上没什么情况，便起身往洪武住的地方走去。洪武自从当上小队长后，便在县城里买了个带院子的房子,把他老婆也接到县城来了。

时卫华路过洪武家院前,看到洪武的老婆朱红莲在院内晾衣服,便若无其事地进去了。朱红莲闲时跟洪武逛街,在街上遇到过时卫华几次,两人也就成了熟人。朱红莲见时卫华来到自己家院内,赶忙放下手里的衣服,热情地与时卫华打起招呼来。

朱红莲兴奋地说:"哟,这一大早的,什么风把时队长吹来了? 快,快坐。"说着,她从旁边给时卫华搬来一把小椅子。时卫华客气地推辞,说自己瞎转,就转到这里来了。

朱红莲边请时卫华坐,边朝屋里喊道:"洪武,洪武呀,快出来,你看谁来啦!"

朱红莲话音刚落,洪武边扣衣服扣子边从里屋跑了出来。洪武笑嘻嘻地对时卫华说:"我正起床呢,从窗子里看见时队长进来了,急忙穿衣服。你看,我这衣服还没穿好,她就嚷起来了。时队长,快请坐,请坐!"

时卫华说:"我也是瞎转转,见洪队长家院门开着,就顺脚进来了,多有打扰啊!"

洪武扣好衣服,请时卫华去屋里坐。时卫华说:"这院子里空气新鲜,就在这里坐一会儿。前天接到通知,我们分队的任务,是协助洪队长的工作呀!"

洪武一听,哈哈大笑,说:"时队长要这么说真是太见外了,你我兄弟有谁协助谁,共同的任务是保护好日本人的安全。不瞒时队长,我也是天亮才回家躺一会儿呀!"

这时,朱红莲端了一杯茶递给时卫华,时卫华双手接过,放在面前的小桌子上。

朱红莲说:"你说这日本人也真是的,大半夜把人家叫过去,有什么事不能等天亮了说吗?"

洪武说:"你就别在这里瞎扯了,赶紧准备早饭去,一会儿我要和时队长喝两杯。"

时卫华赶忙摆手,说自己刚在街上吃过了,没事就瞎转转,一会儿还有任务,日本人的船就要进码头,马虎不得呀!

洪武说:"怎么,你还不知道呀?"

时卫华说:"什么情况,难道日本商船来了?"

时卫华见洪武一副不相信的样子,又说:"什么时候进港,一共几条船,我都不知道。想想我们大队长也真是的,让我们分队协防,连这些消息也不跟我说一声。"

洪武说:"我也是到了码头才知道,日本人的船昨晚就进了码头。"

"昨晚就到了?几条船?"时卫华问。

"也就是一条船,运的什么货也不知道,小非大队长半夜派人把我叫了去,让我连夜带人在码头周边巡逻,不要让新四军钻了空子。"洪武说。

时卫华听后,心里一惊,他万万没想到日本商船连夜进了码头,自己得到的消息是今天白天才到彭泽呀!时卫华故作惊讶地说:"这么说,我得赶紧回去准备准备,我们分队虽说是协防,但责任也大啊,出了纰漏,你我都负不起这个责。"

时卫华说完，装出起身要往外走的样子。洪武将他拉住说："不急，喝两杯茶再走不迟，这茶是朋友昨天刚送给我的，你尝尝。"

时卫华见状，再次坐了下来。他端起茶杯喝了一口，不由得向洪武竖起大拇指，说："果然是好茶，洪队长哪搞来的？这是上等的好茶呀！"

洪武说："时队长要是喜欢，一会儿带一盒去尝尝。"

时卫华说："这哪行，无功不受禄，无功不受禄！"

洪武说："时队长要说这话就见外了，谁不知坂田太君器重你，往后仰仗时队长的地方多着呢！"

时卫华看了洪武一眼，笑而不语。

洪武接着说："时队长，你说，日本人的安全还用我们保护吗？他们精着呢！"

时卫华心里在快速地盘算着，他必须要尽快将日本商人的情况摸清楚，然后告诉洪明远，具体怎么行动，让他们去研究定夺。想到这里，时卫华站起身对洪武说："洪队长，我看时间还早，我先去码头看看。你先吃饭，吃完饭你再去码头换我，我们俩最好要有一个人在码头才是。万一出了什么意外，我俩可不好交代呀！"

洪武一听，觉得时卫华说得有理，便让时卫华先去，说他吃了早饭马上就去码头。

从洪武家里出来，时卫华径直去了江边码头。

时卫华独自来到长江边上，只见码头边上果然停着一艘货船。昨天的一场大雨，使得四处的脏东西随着雨水都流进了长江里，江水被搅浑了,汹涌地朝下游奔去。江面上过往的船只很少,几个中国船工在挂着狗皮膏药旗的日本货船上清洗甲板。李二狗和几个便衣在码头周围晃悠,他们显然是受洪武的指派,在这里保护日本人的安全。

李二狗见时卫华朝码头走来,赶紧上前热情地与时卫华打招呼,说自己和弟兄们受洪队长指示,在这里保护日本太君的安全。时卫华说,自己正是来协助洪队长和保安队弟兄们工作的。时卫华的一番话,让李二狗很是感激。

时卫华独自来到商船上,几个中国船工埋头做他们的事。时卫华在船上转了几圈后,来到一位拖地的船工面前问:"师傅,你们老板呢,怎么没看到?"

船工见有警察问自己话,赶紧说:"回长官话,今天是老板生日,老板一早就上小孤山拜神仙去了。"

时卫华说:"你们老板信教?"

船工说:"我们老板很虔诚,听说拜完小姑娘娘还要去对岸的大孤庙上香,明天还要去城里参拜西山娘娘。"

时卫华一听,心里立马有了数,这艘货船至少要在县城码头停留两天,这样就给我们的税务员留有足够的时间。听到日本人拜神这件事,时卫华心想,这些该死的日本鬼子在中国的土地上杀害我们的同胞,掠夺我们的财产,他们就算在神像前叩一万个头,也抹不去他们所犯下的罪恶!

天刚蒙蒙亮的时候,爷爷和洪明远、汪定江三人便来到了大孤伏。

大孤伏是大孤山下的一个小村庄,村庄附近就是马湖。那时没有修建长江大堤,马湖与长江连在一起,每到汛期,马湖就成了长江的一个湖湾。湖湾里的芦苇顺着水势疯长,这里就成了上万亩的芦苇荡。到了枯水期,马湖又成了一片湖滩。

我爷爷三人在村庄附近一个偏僻的地方隐蔽起来,这里是洪明远与时卫华约定见面的地方。大家左等右等,见没等来时卫华的信,洪明远便有些着急,与爷爷商量要不要再进城去探探消息。见洪明远这样着急,爷爷便提出和汪定江前去江边摸摸情况。

得到洪明远点头同意后,爷爷便和汪定江划着一条早就准备好的渔船,沿着湖边朝码头而去。汪定江沿着湖边划了一阵,眼看就要进入长江,爷爷却见从上游两百米处漂下来一条小渔船。划船的是位姑娘,穿着一件红上衣,边划船边唱歌,歌声很是欢快:

哎——

东起的太阳哎,西边下那个山,

山下住着那,小神仙,

小神仙咧,

撒下网,网起的鱼儿哟,

上前街,

前街上的四哥哥呀,

睁着焦急急的眼,

乐得篓里的鱼儿哟,

尾儿哟,啪啪地甩,

尾儿哟,啪啪地甩。

…………

看着那小船,听着那歌声,爷爷立即想到这是时卫华与洪明远约定的联络方式。爷爷对汪定江说:"有情况,快掉头划回去!"

汪定江立即掉转船头往回划。不一会儿,红衣姑娘的船也跟着划进了马湖。湖里长满芦苇,横一条竖一条的苇沟,让人钻进去后很容易迷失方向。汪定江将渔船划得很慢,后面的小船很快就跟了上来。不一会儿,两条船便靠在了一起。

爷爷站在船上,冲着红衣姑娘说:"小妹的歌唱得真好听,把这满湖的鱼都听醉了!"

红衣姑娘见爷爷对上了暗语,便转身从船舱里拎出一条大鲤鱼扔进我爷爷的船舱里说:"爹说四哥喜欢吃鱼子,这鱼肚里呀尽是子。"

姑娘说完,冲爷爷和汪定江做了个鬼脸,然后甩着大辫子划着小船离开了。小船三晃两晃就出了苇沟。我爷爷冲着姑娘的小船喊道:"小妹,替我谢谢你爹!"

"晓得咧!"

姑娘的声音在芦苇荡里传得很远。

爷爷和汪定江拎着鲤鱼来见洪明远,并将遇到红衣姑娘的事向洪明远做了汇报。洪明远听完汇报,让爷爷赶紧将鱼肚剖开,果然在鱼肚里发现了一只竹筒。洪明远小心地从竹筒中抽出一张纸条,打开一看,认出了时卫华的笔迹。时卫华在信上说,商船已于昨夜停靠在彭泽码头,日本商人今天一早便上小孤山参拜小姑娘娘去了,并说坂田已经派洪武的便衣队负责保护日本商人。

三人经过反复商量,决定扮成云游道士,前往小孤山截住日本商人收税。

方案定下来后,三人立即分头行动起来。洪明远去联系船,汪定江去搞道士服,我爷爷则去城里搞出家人所需的用品和证件。

不多时,汪定江从附近的大孤寺弄来了三套道士服,爷爷则去城里办齐了出家人所需的证件。不多时,洪明远通过地下组织搞到了一条小船。船工姓季,四十多岁,是新四军的水上交通员。

经过一番紧张的忙碌,三人都装扮成道士模样。一切准备妥当之后,三人登上了小船。船工季师傅划着小船驶出芦苇荡,然后晃悠悠地驶入长江,朝对岸的小孤山划去。

27

小孤山历史悠久,相传大禹治水时,曾在山上刻石记功。秦始皇东巡,刻"中流砥柱"于石上。唐宋时期,小孤山的名字多次见于诗人的笔端。

小孤山的寺庙,始建于唐代。当时中国佛教兴盛,禅宗祖师马祖道一(709—788)云游天下名山,行至庐山的龚公山及宿松的灵隐山一带传授佛法,后以小孤秀过灵隐,便至此开山建庙,取名为"启秀寺"。其弟子、《百丈清规》的创始人怀海,世称百丈禅师,于唐德宗时曾到此寺讲法,传下了《禅门规式》(《百丈清规》)。故《山谱》上有"马祖开山,百丈传规"的记载。

相传,唐时山上寺庙很小,内塑一男形神像,姓氏不详,无从考证。寺庙在盛唐后,日见荒芜,从顾况的"古庙枫林江水边,寒鸦接饭雁横天。大孤山远小孤出,月照洞庭归客船"的诗句中即可想见当时的概貌。晚唐时,几经兵乱,寺庙一度被毁。北宋时期,庙重建"惠济寺",开始祭祀海神妈祖,即现在所称的小姑娘娘。

小孤山山势挺拔,耸立江心,世人因山势犹如古代妇女头上的发髻,故又称其为髻山。世间又因小孤与小姑同音,遂转小孤为"小姑",相传日久。有好事者将对岸的澎浪矶说成"彭郎",遂生发出许多小姑与彭郎相爱的美丽传说,更给此山增添了神秘的色彩。

关于小孤山和对岸的澎浪矶,曾有这样一个传说。在很久以前,彭泽县城附近有一个村庄叫彭村,村里有两个青梅竹马的年轻人,小伙子叫彭郎,姑娘叫小姑,他俩深深地爱恋着对方。可是,一场兵祸把他们冲散了,小姑流落至四川峨眉山出家为尼,彭郎颠沛到庐山脚下打柴度日。一次,彭郎打柴路过一道观,偶然得知小姑的下落,便历尽千辛万苦,一路乞讨来到峨眉山,终与小姑相会

为了躲避小姑那严厉的师父,两人偷偷乘着师父的宝伞逃回家乡。谁知宝伞刚飞抵彭泽境内的长江上空,就被狠心的师父用飞剑劈成两半。小姑、彭郎各持半边宝伞坠入江中,变成小孤山与澎浪矶。从此,小姑与彭郎被隔在狭窄的长江通道两侧,咫尺天涯,不能相会,只能隔江脉脉含情相望。

于是,这一牛郎织女式的故事,便在人间久久流传下来。清初著

名诗人王士禛在《即事二绝句·其一》一诗中生动形象地写道：

> 吴头楚尾浪花粗，终日彭郎对小姑。

> 杨叶洲边望烟火，江南江北两模糊。

公元 1078 年，北宋文学家、大诗人苏轼在江苏徐州看到唐代画家李思训所作的《长江绝岛图》，画面是大孤山和小孤山一带山水。苏轼被画家高超、纯熟的技巧所吸引，更为小孤山的神话故事深深打动，感慨万分之际，挥毫题诗：

> 山苍苍，水茫茫，大孤小孤江中央。崖崩路绝猿鸟去，惟有乔木搀天长。客舟何处来，棹歌中流声抑扬。沙平风软望不到，孤山久与船低昂。峨峨两烟鬟，晓镜开新妆。舟中贾客莫漫狂，小姑前年嫁彭郎。

那么，小孤山和澎浪矶的真实情况是怎样的呢？据考证，原来位于长江两侧的小孤山与澎浪矶最早是一座山，它伸入江心而形成石矶。这座三面环水的石矶，因受到江水的长期冲刷、剥蚀，逐渐被江水分成两段。终于有一天，绕矶而过的江水便夺路而去。这样，隔在江北的部分就是今日的小孤山，靠近江南岸边的就形成了澎浪矶。

南宋著名诗人陆游在畅游小孤山后，兴奋地叹道："凡江中独山，如金山、焦山、落星之类，皆名天下，然峭拔秀丽，皆不可与小孤比。自数十里外望之，碧峰巉然孤起，上干云霄，已非它山可拟，愈近愈秀，冬夏晴雨，姿态万变，信造化之尤物也。但祠宇极于荒残，若稍饰之以楼观亭榭，与江山相发挥，自当高出金山之上矣。"

小孤山以奇、险、独、孤而著称。"东看太师椅，南望一支笔，西观似悬钟，北眺啸天龙"为其最形象的描写。其地势也非常险要，为历代兵家必争之地。南宋后,曾在此设立烽火台和炮台。元末朱元璋与陈友谅,清朝彭玉麟的湘军与太平军均在此对垒交锋,故小孤山又有"安庆门户""楚塞吴关"之说。

直到今天,小孤山景色仍不失陆游笔下的秀丽峭拔。小孤山上名胜众多,在这方圆不到一里的石山上,建有庙宇楼阁数十幢,它们依山而筑,重重叠叠,彼此相连,形成墙中有阁、阁中有楼,庙中有寺、寺中有塔的特殊建筑样式,成为井然有序的建筑群,无丝毫拥挤、紊乱之感。在这众多名胜中,惠济庙、界潮祠、护国寺、弥陀阁、先月楼、送子塔、梳妆亭等更是精巧俊逸,别具一格。

此时的江面很是喧闹,马达的轰鸣声和轮船的汽笛声此起彼伏。日本人的汽艇在江面上穿梭。荷枪实弹的日本兵,站在甲板上叽里呱啦地不知道在说着什么。他们望着渔船上的姑娘,时而指指点点,时而开怀大笑,吓得姑娘赶紧往船舱里钻。

望着船舱外的江面,洪明远不由得想起了自己的姆妈。他觉得眼前的那一朵浪花就是自己的姆妈。

洪明远年少时,父亲洪镇江在县城开了一家小店,一家人生活过得很殷实。后因伪军的税收过重,致使小店难以承受,洪镇江便去税捐处找领导理论。因言语上的冒犯,税捐处的领导当即令下属将洪镇江的小店查封,并没收了店里所有的货物。无奈之下,洪镇江只得带着妻儿回老家靠打鱼为生。

在洪明远十七岁那一年,母亲患了一种怪病,花光了家里的积蓄不说,就连借来的钱都花光了。父亲洪镇江为了筹钱给妻子治病,白天带着洪明远在长江里打鱼,晚上又带着他去附近的山上打猎。

这一天,洪镇江卖完猎物便回家,在分水岭被两个十步岭下来的土匪拦住了,土匪们不由分说地抢光了洪镇江身上的钱。望着扬长而去的土匪,洪镇江一下子急了,心想,这可是老婆的救命钱呀!他一怒之下,从身上拔出尖刀,冲上去从背后捅倒了那个拿钱的土匪。另一个土匪见状,吓得连滚带爬地逃回了十步岭。

回到家里,洪镇江没敢将这事告诉妻子,他像什么事也没发生一样,一心一意地给妻子治病。一天,洪镇江带着洪明远又去长江里打鱼,土匪们找上了门。土匪们告诉洪镇江的妻子,七天内拿出一百块大洋安葬死去的兄弟,否则灭洪镇江满门。土匪们扔下话便走了。

至此,洪镇江的妻子才知道丈夫惹下了大祸。晚上,洪镇江和儿子回到家,妻子将土匪的话如实告诉了丈夫和儿子。

这天晚上,洪明远病重的母亲决定不再拖累丈夫和儿子,于是趁两人睡熟后,独自来到江边投了江。为了不让父子俩四处寻找她,她将一双鞋放在了江边。

洪镇江带着儿子洪明远在江里打捞了两天也没有打捞到妻子的尸体。无奈之下,洪镇江只得用妻子的衣服给她做了一个衣冠冢。

办完妻子的后事,洪镇江深知土匪不会放过他,于是带着儿子参加了商群的游击队。后来,在洪镇江的建议下,商群带着队伍消灭了十步岭上的土匪。不久,洪镇江在一次战斗中牺牲了。

想起自己逝去的双亲,洪明远不由得暗自落泪。长江里无风三尺浪,爷爷他们的小船,在江中摇摇晃晃,一会儿被推上浪尖,一会儿又跌下浪底。爷爷的手心里都捏出了一把汗。小船在波浪中穿行了一段时间后,便慢慢地向对岸小孤山靠去。

这会儿,江面上出现了一艘汽艇,正朝着小孤山方向驶来。船头站着一位腰挎东洋刀的日本军官,在军官的旁边站着一位翻译官。一条大狼狗伸着舌头站在军官前面,两只眼睛阴森森地朝爷爷这边望着。

军官拿着望远镜巡视四周,很快就发现了爷爷他们乘坐的小船。军官哇哇地叫着,命令汽艇开足马力朝爷爷的小船驶来。狼狗也仗人势,汪汪地叫了起来。

"鬼子的船开过来了!"季师傅紧张地说。

洪明远一听,赶忙伸出头来往外一看,顿时也吓了一跳。只见一个日本兵在汽艇上挥着小旗叽里呱啦地叫喊着,一旁的翻译官在翻译。

翻译官说:"喂,前面的小船听好啦,快快停下来,皇军要上船检查。再不停下,皇军就要开枪了!"

洪明远万万没有想到,会在江面上遇到敌人。爷爷想,今天躲是躲不过了,便横下一条心对洪明远说:"看样子今天是躲不过去了,干脆跟他们拼了!"

汪定江说:"对,拼了。"

洪明远说:"别急,先将船停下来看看情况再说。"

爷爷焦急万分,眼看着汽艇就要过来了,他又说:"枪和税票经不住搜查呀!"

大家正说着,汽艇已经到了跟前,围着小船打转,掀起的浪差点将渔船搅翻。季师傅在船上摇来晃去,站立不稳,引得汽艇上的日本军官和士兵哈哈大笑。

就在这时,从汽艇舱内走出一位警察,我爷爷一看,正是时卫华。时卫华对着日本军官说着什么,那个军官不时地点着头。

接着,时卫华冲爷爷他们喊:"喂,对面船上的人听着,太君问里面坐的是什么人?"

季师傅说:"太君,船上坐的是几位出家人,他们要去小孤山朝拜小姑娘娘。"

洪明远也听出是时卫华的声音,于是从船舱里走了出来,行了个拱手礼。洪明远说:"贫道从龙虎山而来,要往仙山参拜小姑娘娘。"

翻译官对着日本军官又是一阵叽里呱啦,日本军官频频点头。这时,时卫华又开了口:"你们把船开到岸边去,本队长要亲自检查你们!"

时卫华说完,又对着日本军官一阵耳语,日本军官连连点头。

"怎么办?"季师傅说。

"先靠岸再说,到时候见机行事。"洪明远说。

小船慢慢地靠了岸。

这时,翻译官又开口了:"你们都站着别动,时队长要亲自检查你们的证件!"

四人站在船头,一动不动。

几个伪军吃力地从汽艇上放下一艘小皮艇。一个小个子警察划着小皮艇载着时卫华朝岸边而来。

小皮艇靠了岸,时卫华和小个子警察走上爷爷他们的小船。时卫华朝小个子警察使了一个眼色,小个子警察看了四人一眼,便钻进了船舱。趁小个子警察进船舱检查时,我爷爷四人将证件递给时卫华,时卫华接过四人的证件,然后认真地看了起来,看完又交回给四人。

不一会儿,小个子警察从船舱里走了出来,又顺便检查了四人的身上,没发现什么,便对时卫华说道:"报告队长,没发现情况。"

时卫华朝他挥了挥手,小个子警察便下了小船回到小皮艇上。接着,时卫华又亲自进了船舱。时卫华在船舱里看了一下后,也下了小船,然后坐上小皮艇回到汽艇上。

时卫华来到日本军官面前说:"他们是道士。"

日本军官微微点头,然后挥了挥手说:"开路!"

日本军官说完,转身进了船舱。翻译官和时卫华跟了进去。不一会儿,汽艇"突突突"地开走了。

见日军汽艇开走,爷爷四个人终于长长地吁了一口气。因为紧张,四人身上的衣服都被汗水湿透了。他们的内心深深地感受到了组织的力量,组织上无时无刻不在关心着他们,支持着他们,保护着他们。每到危急时刻或紧要关头,组织总会出现在他们的面前,给予他们完成任务的信心和战胜困难的勇气。洪明远让季师傅留下看船,他带着爷爷和汪定江前往小孤山收税。

28

此时已是中午时分,山上信徒络绎不绝。爷爷和洪明远三人背着包袱慢慢地朝山门走去。他们一路仔细地观察着周围的环境。

此时,李二狗正带着几个便衣在山门前巡查,他是受洪武的指派前来保护日本商人的。李二狗临行前,洪武一再警告他,如果日本商人受了什么伤害,首先要他的命,不论是谁,哪怕是出家人也要挨个检查。所以,洪明远和爷爷他们一出现在山门前,就被便衣们盯上了。

见两个便衣朝自己走来,洪明远对爷爷和汪定江两人说:"千万不要暴露,先迎上去,看他们怎么办!"洪明远说完,大步朝两个便衣迎了上去。

其中一个便衣伸手拦住了爷爷,另一个便衣拿枪指着洪明远说:"对不住了,我们李队副请三位师父过去问话!"

"你——"汪定江刚一开口,洪明远马上用眼神制止,接着,他高喊道:"二位,请!"洪明远说完,便带头来到李二狗跟前。

李二狗上下打量着眼前的三位出家人,总觉得眼前这几位不像出家人。他围着爷爷三人转来转去,转得爷爷心里发毛,真想掏枪跟他干一场。

这时,只听李二狗说:"师父怎么称呼?"

洪明远应道:"贫道玄清,这两位是玄常、玄静。"

李二狗问:"你们从哪座仙山而来?"

洪明远道："贫道从龙虎山而来。"

李二狗又围着洪明远打量了一番，然后意味深长地说："这年头，道士也靠不住啊。"

李二狗说完，大喊一声："弟兄们，给我把这三位抓起来，他们是新四军！"

几个便衣一听，一下子拿着枪围住了爷爷三人。

洪明远高声道："贫道前来参拜小姑娘娘，何错之有？"

李二狗接着说："你少给老子装蒜，如果真是道士，我问你，你们为什么不蓄发？"

爷爷一听，心想，这下真的是坏了，这家伙真是个行家，看样子瞒不了他。

就在李二狗和几个便衣要对爷爷三人动手时，不远处突然跑过来一队警察。警察们将爷爷三人和李二狗的便衣队团团围住。警察队长上前打量了洪明远一番，然后走到李二狗跟前直接下了李二狗的枪。

李二狗惊恐地看着警察队长问："你想干什么？"

警察队长说："老子正要问你呢，凭什么到老子的地盘上撒野？"

李二狗说："我们是彭泽保安大队便衣队，受我们汪小非大队长命令，负责保护日本商人安全。"

警察队长指着李二狗说："都给老子听好了，这里是宿松，不是你们彭泽。过了长江，你们都得听老子的！"

李二狗："你——"

警察队长说:"你什么你,老子怀疑你是新四军! 来人,把枪都给老子下了!"

警察们一听,一下子把便衣们的枪都给没收了。李二狗见状大喊:"长官,千万别误会,我们正在查新四军游击队呢。你看,这几个出家人,一看就是新四军装扮的!"

警察队长说:"他们是不是新四军,老子说了算。你算哪根葱? 把他们押下去!"

警察队长一挥手,手下不由分说地将李二狗他们押了下去。爷爷三人被眼前这突发的一幕惊呆了。见李二狗他们被押了下去,警察队长一把握住洪明远的手说:"洪明远同志,让你受惊吓了!"

洪明远一脸疑惑地看着对方,说:"你是——"

没等对方开口,洪明远猛然想起:"你是石云生?"

石云生连连答应:"对对,我是石云生。"

洪明远一把抓住石云生的双手说:"好家伙,几年不见,我都没认出你来!"

两双手紧紧地握在一起,使劲地抖动着。

接着,洪明远把爷爷和汪定江叫到跟前说:"来来,我给你们介绍一下,这位是复兴游击队的石云生队长,是我们的同志。"

洪明远又将爷爷和汪定江向石云生做了介绍。石云生热情地与爷爷和汪定江握手。

洪明远说:"好险啊,幸亏你们搭救及时,要不然这次我们真要吃大亏。对了,你们怎么赶来了?"

石云生说:"我们也是一小时前接到的命令,然后马不停蹄地赶了过来,没想到来得刚好。"

原来,宿松游击队接到彭泽地下党传来的情报,得知有几个新四军税务员要上小孤山收日本商人的税,希望宿松地下党暗中给予保护。

洪明远和爷爷他们终于搞清了缘由,这些警察都是新四军游击队员装扮的。

洪明远问石云生:"这些年你一直在复兴?"

石云生说:"那年在你们那边养好伤后,商群队长派人把我送过了江。我先在县大队跑了几年交通,去年组织上又把我派回到复兴来了,让我继续担任游击队二支队队长。我们平时就在江边上活动,找机会打击江面上的敌船。"

洪明远上下打量着石云生,思绪仿佛回到了当年,说:"你还是当年那个石云生,一点都没变,只是更老练、更成熟了!"

石云生浅浅一笑说:"要向你们学呀!刚才在远处一看,就觉得你这道士面熟,等近了仔细一看,才确认是你,才知道你们就是情报上说的新四军税务员,没想到你们还真会乔装打扮!"

洪明远不好意思地说:"不要笑话我们了,要不是你们来得及时,这次真的要露馅。"

石云生问这些便衣怎么处置,洪明远说:"反正也没造成大的损失,敲打敲打,然后把他们放了吧!"

石云生说:"好的,等你走后再将他们放了。"

爷爷和汪定江有些不理解，说不能就这样便宜这些狗汉奸。洪明远说李二狗他们也是被日本人逼的，能争取的要尽量争取，让他们回到人民这边来。

大家又说了一阵话后，洪明远与石云生告别，便带着爷爷和汪定江来到山上。三人在三清殿附近截住了日本商人和他的翻译，成功地征收了日本商人的税。

爷爷三人上山后，石云生命人将李二狗等一群便衣带到跟前。石云生指着李二狗说："都给老子听好了，别看老子穿着这身狗皮，但老子最恨日本鬼子！"

李二狗赶紧附和道："是，是，我也恨呢，要不是为混口饭吃，谁愿意当汉奸呢！"

众便衣也附和道："是，是，我们也都恨鬼子！"

石云生接着说："你们要还有点良心，就应该利用自己的身份好好保护老百姓，别整天做伤天害理的事！你们看看自己，在小姑娘娘面前，连出家人都不放过，你们就不怕天打五雷轰吗？"

李二狗说："可是，长官，我怀疑他们是新四军。"

石云生吼道："放屁！难道老子还不如你吗？"

李二狗见状，赶紧纠正自己的话："是，是，长官说得对，在下放屁，在下放屁！"

石云生说："回去好好做人，一定要做个好人，不要再勒索老百姓，知道吗？"

李二狗说："知道了，不再勒索老百姓。"

石云生说:"如果我们再听到你们欺负老百姓,下次碰到你们,绝不轻饶!"

李二狗和便衣们听后,赶紧趴在地上给石云生叩头,说保证不再欺负老百姓。石云生在得知洪明远等人顺利到达对岸后,才将李二狗等人放了。

这天一早,护税员张梅生像往常一样,起床的第一件事就是检查包里的税款。他打开自己的包一看,发现包里的税款不翼而飞。张梅生一下子慌了,这里面有两天来大家收来的一万多元税款呀,本打算今天早饭后与汪定江一起送到根据地的。张梅生赶紧来跟爷爷报告,爷爷一听,也慌了起来。他让张梅生赶紧通知所有人到学校门口集合,自己则去找冯三贵。这会儿,冯三贵也起床了,他一听说税款不见了,马上赶到集合点。

大家一点名,才发现汪得财不见了。一开始,大家以为汪得财去了茅房,因为他有一个习惯,每天起床的第一件事就是上茅房。大家等了一会儿,见汪得财还没回来,爷爷就让张梅生去茅房找,结果发现不在。爷爷一下子警觉起来,心想,难道汪得财卷税款逃跑了?于是,他让大家分头去找,结果村前村后找了个遍,也没见汪得财的影子,这才确定汪得财盗窃税款逃走了。

爷爷一下子想到汪得财身上的枪,便赶紧去汪得财睡觉的房间找,发现枪还放在枕头底下。这让他多少松了一口气。爷爷判断,汪得财盗窃税款不是为了投敌,而是家里遇上了什么难事。张梅生告诉爷爷,汪得财自前几天回了趟家后,总是长吁短叹,问他有什么心事,他也不肯跟人说。爷爷心想,汪得财家里一定发生了什么大事,不然他不会冒掉脑袋的风险盗窃税款。

汪得财携税款逃跑这件事,对爷爷的打击非常大,因为汪得财和张梅生是他一手带出来的。可以这么说,这两人是他的左膀右臂。爷爷心想,当初我逼你反杨明道,逼你参加游击队,不就是想让你走上正道吗?你怕死,你吃不了苦可以理解。如果你真要离队,可以向部队说清楚,但你不能带税款逃跑呀!这些税款,都是税务员冒着生命危险从敌占区收回来的呀!

汪得财携税款逃跑这件事太大,大到连冯三贵都不知道怎么处理,不知是不是该向根据地领导汇报。因为这件事一旦传到根据地,在战士们中间一定会造成负面影响。爷爷找冯三贵一商量,决定先不汇报。爷爷说:"无论如何我也要去把这笔税款追回来,哪怕丢了性命也要将税款追回来。"

冯三贵同意爷爷的建议。

爷爷和张梅生来到后屋汪村,找村里人打听到了汪得财的家。两人来到汪得财家门前,才发现他家大门紧锁。我爷爷向隔壁邻居打听,邻居说汪得财一个时辰前和他哥汪得银抬着他姆妈去至德看病。爷爷问汪得财的姆妈得的是什么病。邻居说,也不知得的什么怪病,请了几位郎中来看过,一直没见好转。后来听人说,至德有位神医可以治好他姆妈的这种病,于是,哥俩抬着母亲去至德了。

爷爷一听,更加确定税款是汪得财偷了。汪得财也是走投无路才出此下策。爷爷与张梅生一商量,决定先找汪得财将税款追回来。至于汪得财家里的困难,等税款追回来后再来想办法帮他。不管怎样,不能让他在错误的道路上越走越远,这样不仅毁了他的前程,甚至还会让他丢掉性命。盗窃税款和贪污公款一样,都是死罪!

两人紧赶慢赶,终于在半路追上了汪得财。这时,汪得财兄弟俩和母亲在路边歇息。母亲坐在躺椅上。汪得财老远见爷爷和张梅生追来,知道是冲自己来的。他也没跑,一声不吭地站在路边等候。

张梅生冲上前,拿枪抵着汪得财的脑袋说:"汪得财,你想害死我呀,我把你当兄弟,你怎么能做这种事?"

汪得银和他母亲傻傻地看着眼前发生的一切,两人见有人用枪抵着汪得财,都吓得不敢吭声。

爷爷一把将张梅生拉开说:"梅生,你冷静些!"

张梅生说:"我没法冷静,他做这个缺德事。"

汪得财说:"知道你们会找来,没想到这么快。"

爷爷说:"为何要这么做?"

汪得财说:"你也看到了,我没办法。不这么做,我姆妈的命就救不回来。"

爷爷说:"有困难,你可以跟组织上说。"

汪得财说:"跟组织上说有用吗?我待了这么久,部队是什么情况我不是不知道。我帮部队收了那么多税,却从没领过一分钱。"

爷爷说:"你看到有谁领了一分钱吗?我们参加新四军不是为了发财,是为了打小日本。只有赶走了小日本,大家才能安心挣钱、安心过日子!"

汪得财说:"道理我都懂,但我现在需要钱救我姆妈的命。如果我不参加新四军,我会有工作,会有收入,还不用整天东躲西藏地担心被汪小非抓住。"

张梅生说:"退出新四军你就不担心汪小非了吗？不打跑小日本,还会有李小非、张小非来抓你。"

汪得财说:"管不了那么多,我现在就想救我姆妈。"

爷爷说:"你姆妈肯定得救,但你不能偷所里的税款。你想过没有,税款是用来做什么的？敌人就是想从经济上封锁我们,将我们困死在大浩山里。如果我们整个队伍被困死了,有多少人会失去姆妈,有多少姆妈会失去儿子？你想过没有？"

汪得财沉默了。

爷爷继续说:"偷窃税款,这是死罪,难道你不知道？"

汪得财说:"我知道是死罪。"

爷爷说:"知道你为何还做？"

汪得财说:"我老子死得早,姆妈一个人拉扯大我们兄妹三人。等我把姆妈的病治好了,我再自首去,要杀要剐,任凭处置。"

这会儿,汪得财的姆妈似乎听懂发生了什么事,她望着汪得财无力地说:"得财,告诉姆妈,你是不是犯了事？"

没等汪得财开口,张梅生抢着说:"他偷税款潜逃,犯了死罪!"

汪得财的姆妈终于弄清缘由,说什么也不同意去至德看病。她骂儿子不该拿税款,骂儿子给汪家丢了脸。她说:"你这样做,和鬼子有什么两样?"她要两个儿子将她抬回家。汪得财不同意,说就算被判死罪也要救活姆妈的命。

汪得财姆妈见劝不动儿子,突然挣扎着要从躺椅上爬起来,说:"你要是不回去领罪,我就投水寻死去,这样活着也没脸见人。"汪得财无奈,只得听从姆妈的话将姆妈送回家,然后跟着爷爷和张梅生回到蒋家边。

汪得财将税款如数归还了。后来,爷爷和三爷爷一商量,决定从油坊账上支付一笔钱,帮助汪得财的姆妈治病。对于汪得财偷税款这件事,爷爷认为不能隐瞒不报。于是,爷爷和冯三贵一起带着汪得财前去自首。鉴于税款被及时追回,加之汪得财家里的特殊情况,以及他的行为没有造成太恶劣的影响,部队决定关汪得财两个月的禁闭,并将他调离了税务所。后来在与伪军的战斗中,汪得财英勇杀敌,光荣牺牲。

29

转眼又过了一年。

到了 1945 年开春,国内抗战形势喜人。中国共产党领导下的敌后抗日根据地的军民继续开展局部反攻,华北和华中各大城市都处在八路军、新四军的战略包围之中。八路军、新四军和民兵游击队已壮大到三百多万人。全国的抗日根据地已接近一亿人口。新四军长江支队也从七百人发展到一千多人。彭泽境内除了几个据点和县城及沿江交通便利的地方被日伪军占领外,大部分土地已被新四军牢牢地控制着。

可是,日伪军并不甘心失败,始终想从经济上钳制游击队。阴谋一次次被游击队识破后,他们也开始总结失败的原因,并从中吸取教训,想出了一条条诡计来对付新四军税务员。

这天傍晚,爷爷特意来油坊陪三爷爷吃饭,哥俩边喝酒边说话。喝了两杯后,三爷爷叫爷爷少喝点酒,说:"你明天还要去工作,晚上没事早点睡,别误了部队上的事。"

爷爷说:"放心吧,三哥,自从参加队伍后,我就没有沾过酒,陪你吃饭的时间也少了。油坊这一大摊子,无论大事小事都由你一个人担着,看到你一天天地老去,我心里难受呀! 三哥,这杯酒我敬你,你随意,干了这杯酒我就不喝了。"

爷爷说完,一口干了杯中酒。

三爷爷说:"你说的什么话,哪有你干我不干的道理,做哥哥的不能倚老卖老。"

三爷爷端起酒杯也干了。三爷爷放下杯子说:"我说国强呀,你一心一意做好部队上的事,家里的事不要你操心。油坊是我们家的祖业,大哥二哥都不在了,我作为家中的老大,有责任把油坊打理好。"

爷爷说:"可是,你看你,这两年又老了许多。"

三爷爷说:"人生一世,草木一秋。再说,我身边还有几个小辈,他们几个虽然比你辈小,年龄都跟你一般大。你一心收你的税,你们多收税,部队就能多买武器,就能多打小日本,我们在家做生意就安心。"

这晚,爷爷的话特别多,什么过去的事和未来的事都说到了,要不是三爷爷赶他走,他还会继续说下去。三爷爷心想,他今晚怎么这么多话呢?估计是这两杯酒的作用。后来,三爷爷见时候不早了,便打着哈欠赶他走。

三爷爷说:"你看你,今夜喝点酒话特别多,赶紧回去睡吧,明天还要起早收税呢!"

爷爷看着三爷爷说:"是你要睡吧,三哥。"

三爷爷笑着说:"是,是,我要睡,我要睡,我明天还有好多事要做呢!"

爷爷说:"也不知道是怎么回事,总想找时间跟你多说几句话,这几天眼皮总是跳得厉害,感觉自己哪天出去收税就回不来似的!"

三爷爷边拍着爷爷的肩膀边说:"你呀,尽说些不着边的话,你这是太累了,没事早点回去休息。"

爷爷站起身说:"嗯,我这就走。三哥,你说我要是真不在了,家里这一大摊子事就真的靠你一个人了。还有,你弟媳与娘几个,也得靠你了。"

爷爷的一席话,说得三爷爷的心一阵阵发紧。其实,爷爷说的这些,也正是三爷爷最为担心的事。战场上子弹不长眼呀!虽说四弟的工作不在一线打仗,但比在一线打仗更危险,敌人随时随地都在盯着他,随时随地都在面对敌人的搜查,随时都会与敌人遭遇,随时都会丢了性命呀!三爷爷不许他的弟弟说这样的话,使劲将他的弟弟往外推。

三爷爷说:"你呀,尽说些不中听的话,你走你走。你不要睡,我还要睡呢!"

三爷爷就这样将爷爷赶出了油坊。

爷爷从油坊回到家里,奶奶带着姑姑已经睡着了。当爷爷洗完脚轻手轻脚上床时,奶奶被他吵醒了。

奶奶问:"今晚怎么没去学校睡?"

爷爷笑着说:"还不是想跟你多睡一晚上吗?"

奶奶说:"这不行,你快回学校里去睡,不能带头坏了规矩。"

爷爷一想,觉得奶奶说得对,便赶紧起了身。他穿好衣服趴在我奶奶的大肚子上听着说:"再过半个月就要生了,你说,给他取个什么名字?"

奶奶说:"你是当老子的,名字归你取。"

爷爷说:"若是女孩,名字归你取。若是儿子就叫抗日吧,长大跟老子一起打小日本去。"

奶奶笑了,说:"抗日这名字叫得大气,不管男孩女孩都叫欧阳抗日。"

爷爷乐了,在奶奶的脸上亲了一口,又在奶奶的肚子上亲了又亲,然后笑眯眯地去了背后学校。

第二天一早,爷爷带着张梅生和周义甫赶往西边曹去收税。自从老阳头和刘志国牺牲后,每次出门收税,爷爷都将税票和税款背在自己身上,税务员只负责计算税款和开票。爷爷认为这样如果遇上日伪军和便衣队盘查,税务员就会少一分危险。

一路上,他们遇上几个茶叶商贩,他们一听说是新四军税务员,都很爽快地交了税。中午时分,爷爷三人来到七里红和西边曹的交界处,在路边的一棵大树下,碰到两个卖黄烟的生意人。两个生意人一高一矮,各背着一个黄烟篓子。他们站在树下边喝水边吆喝。

两个生意人见爷爷三人走来,立马将黄烟篓子放下来。其中一个高个子生意人走上前说:"哎,三位大哥,上好的老烟,买几包尝尝吗?"

爷爷走到他眼前,从黄烟篓里拿出一包拆开看看。烟丝黄灿灿的,然后放到鼻子底下嗅嗅,一股香喷喷的黄烟味扑鼻而来,是上好的黄烟。

这时,另一个矮个子生意人赶紧将装好烟丝的黄烟棒递给爷爷,说:"大哥,吸口尝尝。"

爷爷接过黄烟棒吸了一口,然后连连夸赞说:"嗯,好烟,果然不错,这烟很贵吧?"

"不贵不贵,两块钱一包,大哥买两包吗?"高个子生意人赶紧说。

张梅生走上前说:"两块钱一包真的不贵,快数数有多少包,我们全买了。"

周义甫惊讶地望着张梅生,一脸不解地说:"你买这么多黄烟做什么?"

张梅生朝周义甫眨了眨眼,周义甫立马明白张梅生的用意,然后连连说:"是,是,我们全买,全买。"

两个生意人见有人要把他们的黄烟全买下来,也是一脸兴奋的样子,但又怀疑张梅生在故意拿他俩开玩笑。高个子试探地说:"这位小哥,你说笑话吧?"

周义甫说:"谁说笑话啦? 快数数,我家老板全收下!"

这时,爷爷对张梅生说:"梅生,别糊弄他们了,人家还要赶着做生意呢!"

两个生意人这才知道张梅生是拿他俩开心。高个子生意人说他还真以为遇上了大买卖,原来是空欢喜一场。这时,周义甫向两个生意人亮明了三人的身份,要他们向根据地缴税,支援抗战。为打消两个生意人的疑虑,周义甫还把证件拿出来给他们看。

高个子生意人见三人是新四军税务员,立即竖起了大拇指说:"你们新四军税务员了不起,不仅打日本鬼子,还保护商人,处处为老百姓着想。"

张梅生一听,兴奋极了,连忙说:"怎么,你们也听说新四军税务员保护商人这件事?"

高个子生意人说:"听说了,听说了,到处都在传呢! 我们做生意的人都知道了! 大家都说,生意人若不向新四军缴税,那就对不起自己的良心,不配做中国人。"

高个子的一席话,说得爷爷他们的心头痒痒的,怪舒服,三人都咧着嘴嘿嘿地笑。两个生意人虽然一个劲地夸新四军,但就是不拿钱出来缴税。张梅生见此,便催他们赶快把税交了。

张梅生说:"别嘴上说支持,行动上要利索一点。"

高个子见张梅生不停地催,便一脸为难地说:"真是对不起,我俩刚刚出门,还没卖烟。要不,你们跟我俩回家拿去,行吗?"

我爷爷不解地说:"回家去拿?有多远?"

高个子看了爷爷一眼,说:"不远,就在小河对面的黄家,这支援抗战的税钱哪能不缴呢?你看,我俩也不是那种奸商。"

爷爷思索了一会儿,说:"行,我们跟你去拿。"

于是,三人跟着两个卖黄烟的人朝小河对面走去。

过了小河,来到对岸山脚下的树林子附近,两个卖黄烟的生意人突然加快了脚步。周义甫生怕跟丢了他们,也加快脚步跟过去。爷爷突然感到有些不对劲,心想,这一带我们经常来收税呀,做生意的人几乎都挺熟,这两人怎么就没见过?再说,去黄家走的应该是田垄,怎么往山里钻呢?

爷爷边走心里边琢磨,越琢磨越感觉不对劲。于是,他放慢了脚步,侧过身对身后的张梅生说:"你慢些走,我感觉不对劲,这两个家伙有问题。万一有事,你在后面也有个照应。"

张梅生一听,也吓了一跳,他立即放慢了脚步,把枪悄悄地从怀里掏了出来,子弹也上了膛,还顺手摸了摸背包里的两颗手榴弹。

爷爷紧赶几步追上周义甫,拉住周义甫说:"义甫,别走了,我看这里面有鬼。"

未等周义甫反应过来,爷爷就发现前面的山林子里果然冲出十几个便衣来,他们手里都拿着枪。为首的正是队长洪武,在洪武的身边跟着李二狗。

爷爷一看不好,大叫一声:"义甫,快跑!"

爷爷边说边从怀里掏出枪来,拉着周义甫就往回跑。这时,两个生意人扔下烟篓就朝他们扑了过来。爷爷一回手,"砰"的一枪,便把跑在前头的高个子便衣击倒了,矮个子吓得赶忙趴在地上。只听洪武叫道:"快追,别让新四军跑了。抓住一个,赏大洋两百块!"

洪武边说边朝前开枪,子弹便"噼里啪啦"地朝爷爷飞来。周义甫跑了一阵后,肩膀上中了一枪,他跟跄了一下差点摔倒,感觉眼冒金星。爷爷一把将周义甫扶住,边拉着他往前跑。

周义甫使劲推开爷爷说:"班长,你快跑,别管我,保护好税票和税款!"

周义甫说完,趴在地上朝敌人射击。便衣们发了疯似的在洪武的指挥下叫喊着朝这边冲来。只听洪武喊道:"快投降吧!你们跑不了啦!只要你们交出税票和税款,本队长会放你们一条生路!"

爷爷和张梅生凭借地坝做掩护,边朝跑在前面的便衣射击,边朝周义甫爬过来。两人坚持要将周义甫一起带走,就算死也要死在一块儿。

便衣们叫喊着,要爷爷他们投降,张梅生边打边回应道:"狗汉奸,有本事你们就冲过来!爷爷决不向你们投降!"

洪武一听,气得哇哇直叫,命令便衣们拼命往前冲。前头的两个便衣被打倒了,后面的便衣站在原地叫喊着不敢往前冲。抓住这一空当,爷爷对张梅生说:"梅生,你带义甫先走,我来掩护你们!"

"不,我来掩护你们,反正我也跑不动了,你们能冲出去一个是一个,快!"周义甫说。

"别说了,要死我们死在一起,一起为革命战斗到底!"张梅生说着,搀着周义甫往河边撤。

30

这时,便衣们在洪武的鼓动下又冲上来了。眼看就要被追上,爷爷一抬手又打倒了一个跑在前面的便衣,后面的便衣还是照样往前冲。

只听洪武喊道:"不要开枪,他们有人受伤了,抓活的,这次一定要抓活的!"

周义甫知道洪武说的是自己,洪武是想将自己活捉回去领赏;他也清楚,班长和张梅生铁了心要带自己一起走;他更知道,如果班长和张梅生再不冲出去,就没有机会了。自己已经受伤跑不动了,不能拖累班长和张梅生呀!班长身上还有税票和税款,税票和税款比生命还重要呀,千万不能落入敌人的手里。

想到这里,周义甫横下一条心,挣脱张梅生的手,然后奋力迎着便衣们冲过去。爷爷要去拉周义甫,却被迎面飞来的子弹打中了手臂,只得捂着手臂趴下。只听周义甫大声喊道:"你们快跑,我要革命到底!"

周义甫说罢,握着身上仅有的一颗手榴弹,朝便衣们迎了上去。只听一声巨响,手榴弹在跑在前面的几个便衣面前炸开了。

张梅生哭喊着:"义——甫——"

　　张梅生爬起身就要往前冲,被爷爷一把摁住。爷爷说:"现在不是硬拼的时候,快跑!"说完,爷爷便拉着张梅生往河边跑。两人依靠河坝阻击便衣们的进攻。爷爷对张梅生说:"我俩分开跑,然后到张家山会合,那里有我们的队伍!"

　　张梅生哭着说:"不,小表哥,你受伤了,要跑我俩一起跑,我不能丢下你!"

　　爷爷说:"不要啰唆了,我答应过姑姑,不能让张家绝后,你快跑!"

　　这时,洪武带着便衣们又冲上来了。爷爷一看情况紧急,再不跑一个都跑不了,便命令道:"张梅生同志,我现在以班长的名义命令你撤,快,执行命令!"

　　"小表哥!"

　　"快跑!"

　　张梅生站起身来,含泪望了爷爷一眼,转身蹚过了河,然后朝张家山方向奔去。

　　爷爷趴在河坝上阻击敌人,看到张梅生钻进了前面的树林后,便蹚过小河沟,朝着七里红方向跑去。他要把便衣们引开。跑了一阵,爷爷右腿也中枪了,他踉跄一下摔倒在地上。此时,他想到了自己身上的税票和税款,这些税票和税款绝不能落到洪武的手中啊!

　　眼看便衣们离自己越来越近,爷爷咬着牙爬起来又跑了一阵。跑到一棵大树下,爷爷把税票和税款塞进了树洞里,然后背着空包继续往前跑。最后,他实在跑不动了,便靠着一棵小树顽强地站着。他从身上搜出最后一颗子弹并上了膛,然后朝冲上来的便衣射了出去。

　　洪武带着便衣们冲了上来,将爷爷团团围住。洪武知道爷爷的枪里没有了子弹,就命令手下将爷爷活捉。其中一个便衣立功心切,冲上去抱住我爷爷的腰,只见我爷爷一弯腰,左手便揪住了那个便衣的裤裆,狠命一捏,隐隐听到两声响,那便衣的两颗卵子就废掉了。便衣疼得捂着下身在地上打滚,口里吐着白沫,杀猪似的号叫着。旁边的两个便衣冲上来抓住我爷爷的双手,将他按在地上,然后解开了我爷爷的裤带将他绑起来。

　　洪武指使便衣们将爷爷押到藏税票的大树下,将他反绑在树上。然后,洪武将附近村庄的村民都赶到大树前,他要让村民看看当新四军的下场,要爷爷指认村民中有没有新四军。

　　爷爷说,新四军只收商人的税,跟村民无关,你们不要糟蹋老百姓。新四军收税是为了打小日本,杀汉奸,救中华民族,你们有本事打鬼子去,不要在老百姓面前逞能。气急败坏的洪武扬起手狠狠地扇了爷爷几个耳光。血从爷爷的嘴角流了出来,滴在了地上。

　　这时,卖黄烟的矮个子便衣走上前来,解开爷爷的衣扣,露出肚皮。他用刀尖在爷爷的肚皮上划了一刀,立即就有血从刀口冒出来,淌到爷爷的裤裆里和裤子上,再流到地上。

　　矮个子便衣把刀上的血在爷爷的脸上擦了擦,又猛地在爷爷的大腿上戳了一刀,疼得爷爷叫了一声。

　　矮个子便衣说:“怎么样? 疼不?”

　　爷爷骂道:“狗汉奸! 有本事给老子来个痛快!”

　　洪武走上前托着爷爷的下巴说:“我知道你叫欧阳国强,你是个明事理的人,你家里还有妻小,只要交出税票和税款,保证今后不再跟新四军走,并说出你们税务所和办事处在哪,本队长决不为难你,怎么样?"

爷爷仰望着天空,天空阴沉沉的。想到周义甫牺牲的那一幕,爷爷心里无比悲愤。爷爷愤怒地说:"你别做梦,狗汉奸,总有一天,你会落得跟何三金一个下场!"

爷爷说完,将一口带血的浓痰吐在洪武的脸上,气得洪武蹦老高,吼道:"老子看你有多大的能耐,看你是块铁不!"洪武说完,从旁边的便衣手里接过一把尖刀,顺手割下了爷爷的两只耳朵和鼻子,疼得爷爷大声叫喊。不一会儿,爷爷就昏死了过去。

洪武双手拿着爷爷的耳朵和鼻子来回走动,恶狠狠地对村民们说:"你们都看到了吗?谁要是通共、通新四军,这就是下场!"

村民们中间有些老人和妇女看不下去了,有些人忍不住哭出了声。有个姓吴的老倌大着胆子走上前去,央求洪武别这样折磨人。洪武狠狠地扇了他一耳光,并踢了一脚,骂道:"去你的,老东西,他是你什么人?你凭什么教训老子?你知道老子的鼻子是怎么没的吗?就是这些家伙搞的!怎么,你不忍心啦?你要是再说话,当心老子毙了你!"

吴老倌吓得再也不敢言语。

便衣们又把爷爷弄醒,拿着爷爷的背包,问税票和税款藏哪去了,要他交出税票和税款。爷爷料定自己落入洪武的手里只有死路一条,早横下了一条心。他使出全身的力气大声喊道:"告诉你们这些狗汉奸,税票和税款早就被战友带走了,你们休想从我身上得到什么东西。你们杀了我欧阳国强,会有千千万万个欧阳国强来替我报仇,来收拾你们! 小日本一定会被赶出中国!"

洪武气得浑身发抖,他从另一个便衣手中拿过一把大砍刀,朝我爷爷砍去。他边砍边喊:"我叫你喊! 我叫你喊!"

洪武残忍地杀害了爷爷。爷爷的血洒在了地上,流到了路边的水沟里,流进了七里红的小河,顺着小河流进了长江,流进了大海,也流进了天下老百姓的心中。

张梅生一口气跑到张家山游击队驻地,张队长正在集合队伍。听到七里红那边的枪声,张队长估计是自己人和敌人遭遇了,正准备带着队伍前去增援,却看到张梅生跑了过来。张梅生哭着把事情的经过简单地向张队长做了汇报。张队长带着队伍火速出发,朝七里红方向扑过去,想救出欧阳国强。张梅生带着游击队赶到爷爷牺牲的地方时,洪武已带着他的便衣队逃之夭夭。

在游击队员们的帮助下,张梅生把爷爷和周义甫的遗体放在一块儿,用几床草席卷着。张梅生想着小表哥和周义甫两人刚才还好好的,转眼成了这个样子,心里万分难过。特别是小表哥,虽说是表兄,却胜似亲兄弟,小表哥事事都想着自己。想到这些,张梅生更是哭得死去活来,他不知道回家怎么向三表哥和小表嫂交代。游击队员们见张梅生哭得伤心,也都跟着落泪。

张队长安慰张梅生道:"张梅生同志,你别再哭了,其实大家心里都难过。再说,干革命哪有不牺牲的?你要坚强起来,只有多杀敌,才能为牺牲的同志们报仇。"

张队长虽这么劝着张梅生,自己的眼泪也掉了出来。张梅生哭得更伤心了:"他俩是为掩护我而死的,我们三个人一起出来,只有我一个人活着回去,他们是替我死的呀!"张梅生哭着哭着就昏了过去。

张队长赶紧掐张梅生的人中。见张梅生痛不欲生,张队长让两名队员将他扶到村民家去休息,然后火速派人通知腊树时村办事处的税务员,让他们做好防范,以免遭到便衣队的暗算。同时,派人往根据地送信,让洪明远和冯三贵立即赶到七里红处理有关事宜。

送信的队员赶到大树陈根据地时,洪明远和冯三贵也正好在商群那里。大家刚刚得知郑重牺牲的消息,正处在悲伤之中。原来几天前,郑重率两百余名战士,从彭泽渡江来到江北宿松湖区,打算拔掉盘踞在这一带的顽匪梁金奎及其所部,为民除害。

梁金奎娶了八个老婆,手下有匪徒四百余人。为做好长期对抗新四军的准备,梁金奎在王家墩一带修了碉堡,挖了战壕。考虑到梁金奎势力大、装备精良,且防御工事坚固,易守难攻,郑重决定对其进行夜袭。

这天拂晓前,郑重带领部队秘密进入九成坂团岭头埋伏,准备待天黑后展开进攻。不料梁金奎提前得知消息,做好了防御准备。当郑重率领部队正准备进攻时,梁金奎却指挥匪徒们从四面八方朝十八团阵地攻来。

面对突如其来的匪徒,郑重指挥战士们沉着应战。在指挥部队突围时,郑重不幸被匪徒流弹击中,当场牺牲,年仅 30 岁。

洪明远和冯三贵得知爷爷和周义甫牺牲的消息后,两人都悲痛万分。刚刚从失去政委的悲痛气氛中缓过来,一下子又失去了两位朝夕相处、并肩战斗的好战友、好同志、好兄弟,这对他们的打击太大了。他们痛哭了一阵后,便止住了悲伤,然后带着税务所全体战士,连夜赶到了七里红。

洪明远带着大家赶到七里红时,已是第二天上午。一见到爷爷和周义甫的遗体,洪明远和大家都难过得要命,大家在牺牲的战友面前痛哭了一场。张梅生将事情的经过详细地向洪明远和冯三贵汇报了一遍。说到小表哥被洪武割了耳朵和鼻子都不交出税票和税款时,大家一个个都恨得咬牙切齿,恨不得现在就去把洪武抓来,一枪毙掉。

洪明远看到张梅生那悲伤的样子,怕他身体吃不消,就叫汪定江和王得胜陪他下去休息。张梅生不去休息,说要去找税票税款,如果没找到税票和税款,小表哥和周义甫就白死了。张梅生带着大家找了好一阵,终于在树洞里找到了税票和税款。

爷爷的遗体运回到蒋家边时,三爷爷带着奶奶和全村人在村头迎候爷爷回家。奶奶坚持要和小辈们一样为爷爷披麻戴孝。奶奶说:"我男人是为打小日本死的,他死得光荣,死得悲壮,死得值得。"

在给爷爷办丧事的那段时间里,奶奶在外人面前始终没哭,连一滴眼泪也没流。奶奶说她男人告诉她,万一哪天他光荣了,不要哭,要坚强,要把肚子里的孩子顺顺利利地生下来,然后将孩子健健康康地养大,等孩子长大后告诉孩子,他老子是为打日本鬼子而死的。

三爷爷选了一个良辰吉日,将爷爷安葬在他的大哥和侄子希明中间的空地里。三爷爷说:"大哥是被日本人设计害死的,国强和希明是为抗击小日本死的,大哥死得冤,国强和希明死得值。这世间要多一些国强和希明一样的人,这个国家就不会亡,这个民族就会永远延续下去。"

爷爷去世后不到半个月,奶奶顺利地生下了爹。遵照爷爷的遗愿,奶奶给爹取名叫欧阳抗日。后来,爹告诉我,他一出世我奶奶就没有奶水,他是吃他堂嫂的奶水长大的。爹还告诉我,从他记事起,半夜就会听到我奶奶的哭声。奶奶的双眼在爹记事起就瞎了。

转眼到了1945年的8月中旬,日本宣布无条件投降的消息传到了蒋家边,传到了振裕油坊。三爷爷带着几个晚辈找到奶奶时,奶奶正抱着爹跪在爷爷的坟前烧纸,姑姑也跪在一旁往火堆里放纸钱。

那天,奶奶哭得死去活来,恨不得要把心里所有的悲伤和思念都哭出来。她埋怨爷爷不该这样狠心抛下她们母子,她埋怨爷爷怎么就没有等到抗战胜利的这一天。

又过了两天,部队来人将三爷爷和奶奶接到了大树陈去参加税务经征处的庆功会。这次的庆功会上,商群高度赞扬了全体税务员和护税员不怕困难、不怕牺牲的大无畏精神,表扬了他们为民族解放立下了大功,号召全体指战员向他们学习。商群特别表扬了开办振裕油坊的一家人,表扬他们为抗战所做的贡献。最后,商群说:"同志们,告诉你们一个好消息,为表彰税务员为抗战做出的特殊贡献,彭泽大工委向你们颁发了嘉奖令！"

接着，商群宣读了嘉奖令。

看着身边人一个个使劲地鼓掌，奶奶和三爷爷也跟着鼓起掌来。他们边使劲地鼓掌边默默地流泪。这时，外面响起了欢快的锣鼓声和一阵阵爆竹声。奶奶和三爷爷随大家涌了出去。外面像过年一样，人们舞起了龙灯，载歌载舞，欢庆抗战胜利。